AMMALAT-BEG
Alexandre Dumas

Loi n°49-956 du 16 juillet 1949 sur les publications destinées à la jeunesse, modifiée par la loi n°2011-525 du 17 mai 2011.

Copyright © 2022 Alexandre Dumas
Édition : BoD – Books on Demand, info@bod.fr
Impression : BoD – Books on Demand,
In de Tarpen 42, Norderstedt (Allemagne)
Impression à la demande
ISBN : 978-2-3224-2336-1
Dépôt légal : Août 2022
Mise en page et maquettage : https://reedsy.com/
Cet ouvrage a été composé avec la police Bauer Bodoni Tous droits réservés pour tous pays.

Avant-propos

Un mot sur la façon dont l'histoire que l'on va lire est tombée entre mes mains.

J'étais à Derbend, la ville aux portes de fer, chez le commandant de la forteresse, où nous déjeunions. La conversation tomba sur le romancier Marlynsky, lequel n'est autre que le Bestucheff, condamné aux mines, en Sibérie, pour la conspiration de 1825, et dont le frère fut pendu à la citadelle de Saint-Pétesbourg, avec Pestel, Mouravieff, Kalkovsky et Ryléief.

Gracié de ses travaux des mines en 1827, Bestucheff avait été fait soldat et envoyé à l'armée du Caucase. Brave et se jetant en désespéré au milieu de tous les dangers, il avait bientôt reconquis le grade d'enseigne, et c'est avec ce grade qu'il habita pendant une année la forteresse de Derbend.

On verra, dans mon *Voyage au Caucase*, quelle nouvelle catastrophe lui fit prendre en dégoût la vie, et comment, dans une rencontre avec les Lesghiens, il se fit tuer par eux d'une mort aussi volontaire qu'un suicide.

Au nombre des papiers qu'il laissa dans sa chambre, au moment de sa mort, se trouvait un manuscrit. Ce manuscrit avait été lu, depuis, par différentes personnes, et, entre autres, par la fille du commandant actuel, qui m'en parla comme d'une nouvelle pleine d'intérêt. Sur sa recommandation, je la fis traduire, et, trouvant comme elle, non seulement un grand intérêt, mais encore une couleur locale très remarquable dans ce petit roman, je résolus de le publier.

Je le pris, en conséquence, des mains de mon traducteur ; je le récrivis pour le rendre compréhensible à des lecteurs français, et, tel qu'il était, sans y rien changer, je le publie, convaincu qu'il produira sur les autres le même effet qu'il a produit sur moi.

C'est en outre, un curieux tableau de la guerre, telle qu'elle se fait entre les Russes, ces représentants de la civilisation du Nord, et les sauvages et féroces habitants du Caucase.

Alex. Dumas

Tiflis, le 22 octobre 1858.

Première partie

I

Sois lent à l'offense et prompt à la vengeance.
(Inscription gravée sur les poignards du Daghestan.)

C'était un vendredi.

Près de Bouinaky, grand village du Daghestan du Nord, la jeunesse tatare s'était réunie pour une course de chevaux, accompagnée de toutes les expériences que la hardiesse et le courage peuvent ajouter à une fête de cette espèce.

Donnons une idée du splendide paysage où la scène se passe.

Bouinaky s'élève sur les deux saillies d'une montagne escarpée et domine les environs. À gauche du chemin qui va de Derbend à Tarky, se dessine la crête du Caucase, couverte de forêts ; à droite, le rivage sur lequel vient se briser la mer Caspienne, avec un éternel murmure ou plutôt une éternelle lamentation.

Le jour tombait.

Les habitants du village, attirés par la fraîcheur de l'air plus encore que par la curiosité d'un spectacle qui se répète trop souvent pour ne pas leur être familier, avaient quitté leurs cabanes, avaient descendu la pente de leur montagne, et étaient venus se réunir par rangs aux deux côtés de la route.

Les femmes, sans voile, avec leurs mouchoirs de soie au vives couleurs roulés en turban sur leur tête, avec leurs longues robes de soie serrées à la taille par leurs courtes tuniques, avec leurs larges pantalons de *kanaaus*, s'étaient assises en files, tandis que les enfants couraient autour d'elles.

Quant aux hommes, réunis en cercles, ils se tenaient debout ou accroupis à la manière turque. Les vieillards fumaient le tabac de Perse dans leurs pipes tchétchènes. Un bruit de gaieté s'élevait au-dessus de tout cela, et au milieu de ce bruit continu retentissait de temps en temps celui du froissement des fers d'un cheval sur les cailloux de la route, et le cri *Katch ! katch !* (place ! place !) poussé par les cavaliers qui se préparaient à la course.

Le nature du Daghestan est splendide au mois de mai ; des milliers de roses couvrent le granit d'une teinte aussi fraîche que le lever de l'aurore : l'air est embaumé de leurs émanations ; les rossignols ne cessent pas de chanter au milieu des verts crépuscules des bocages. De joyeux troupeaux de moutons, enjolivés de taches orangées que les bergers, pleins de coquetterie pour eux, leur font avec la même matière dont les maîtres se teignent les ongles des pieds et des mains, c'est-à-dire avec du *hennah*, bondissent sur les rochers. Les buffles, plongés dans les marais, où ils s'ébattent voluptueusement, regardent le voyageur qui passe, avec leurs grands yeux profonds, qui sembleraient menaçants s'ils n'étaient rêveurs. Les steppes sont couverts de bruyères de toutes couleurs. Chaque flot de la Caspienne étincelle comme l'écaille d'un gigantesque poisson. Enfin, quelque chose de cette séduction de l'air, du ciel, de l'atmosphère qui a soufflé aux Grecs cette inspiration instinctive et divinatrice, que c'était là que le monde était né, et que le Caucase était son berceau, se respire à chaque haleine, et, tout en vivifiant le corps, réjouit le cœur.

Telle était l'impression qu'indigène ou étranger eût ressentie en approchant du village de Bouinaky, pendant ce joyeux vendredi où vont prendre naissance les événements que nous allons essayer de raconter.

Donc, le soleil dorait les sombres murs des cabanes aux toits plats, dont les ombres prenaient plus de puissance et de vigueur au fur et à mesure qu'il se retirait. Au loin, on entendait crier les plaintives *arabas*, dont on distinguait la longue file à travers les pierres tatares, dressées comme des fantômes dans le cimetière, et, en avant de leur bruyante procession, galopait un cavalier soulevant sur la route un nuage de poussière.

Le crête neigeuse des montagnes, et, du côté opposé, la mer calme, donnaient à ce tableau une grande magnificence.

On sentait vivre la création de sa plus chaude et de sa plus ardente vie.

– C'est lui ! c'est lui ! il vient ! le voilà ! cria la foule à la vue de cette poussière et du cavalier qu'elle dérobait encore aux regards, mais qu'on devinait déjà.

À ces cris, il se fit un grand mouvement dans la foule.

Les cavaliers qui, jusque-là, étaient restés debout, causant avec leurs connaissances et la bride au bras, sautèrent sur leurs chevaux ; ceux qui galopaient à droite et à gauche, sans ordre et selon leur caprice, se réunirent, et tous coururent à la rencontre de ce cavalier et de sa suite.

C'est que ce cavalier était Ammalat-Beg, neveu du *chamkal* Tarkovsky.

Il portait une *tchouska* noire, de forme persane, garnie de ces élégants galons dont les fabricants du Caucase ont seuls le secret ; les manches, pendantes à moitié, étaient rejetées à leurs extrémités sur son épaule. Son *arkalouk* de *tarmelama* était serré à la taille par un châle turc ; ses pantalons rouges se perdaient dans des bottes jaunes à hauts talons ; son fusil, son poignard et ses pistolets étaient montés en argent damasquiné d'or ; la poignée de son sabre était garnie de pierres précieuses. Joignez à cela que l'héritier du chamkal Tarkovsky avait vingt-quatre ans, était beau, bien fait, d'une physionomie ouverte ; ajoutez que de longues boucles de cheveux noirs descendaient de son *papak* sur son cou, que de petites moustaches d'ébène, qui semblaient dessinées au pinceau, ornaient ses lèvres, que ses yeux brillaient d'une bonté fière, qu'il montait un coursier noir qui s'emportait à tout moment, qu'il était assis sur une légère selle circassienne brodée d'argent, que ses pieds reposaient sur des étriers d'acier noir du Khorassan damasquinés d'or, que vingt *noukers* en tchouskas brodées galopaient autour de lui sur de splendides chevaux, et vous vous expliquerez l'effet produit par l'arrivée d'un jeune prince au milieu de cette population, chez laquelle la richesse, la grâce, la beauté, les dons extérieurs enfin que verse le ciel d'Orient sur ses élus, ont tant d'influence suprême et d'irrésistible entraînement.

Les hommes se levèrent et le saluèrent en s'inclinant, la main appuyée sur le cœur.

Un murmure de joie, d'estime et surtout d'admiration se fit entendre parmi les femmes.

Arrivé au milieu de toute cette population, Ammalat-Beg s'arrêta.

Les vieillards, appuyés sur leurs bâtons, et les principaux

habitants de Bouinaky l'entourèrent, espérant que le jeune beg leur adresserait la parole ; mais le jeune beg ne les regarda même pas.

Seulement, il fit un signe de la main pour que l'on commençât la course.

Une vingtaine de cavaliers se mirent alors à galoper sans ordre, chacun s'efforçant de devancer son voisin.

Puis tous prirent ces espèces de javelots que l'on appelle des *djérids*, et, en galopant, se les lancèrent les uns aux autres.

Les plus habiles les ramassaient sans mettre pied à terre, et en se laissant glisser sous le ventre de leurs chevaux.

Les moins habiles, en voulant les imiter, roulaient sur la poussière, au milieu des éclats de rire des assistants.

Le tir commença.

Pendant tout le temps qu'avait duré la course, Ammalat-Beg y était resté étranger ; mais ses noukers, les uns après les autres, s'étaient laissé entraîner et s'étaient mêlés aux concurrents.

Deux seulement étaient demeurés près du prince.

Mais, à mesure que les courses s'animaient, que le bruit des coups de feu retentissait, que la fumée de la poudre mêlait à l'atmosphère son âcre odeur, la froideur du jeune chamkal semblait se fondre. Il commença d'encourager les combattants de la voix, de les animer en se dressant sur les étriers, et, lorsque son nouker bien-aimé manqua, avec la balle de son fusil, le papak qu'il avait jeté en l'air et devant lui, il ne sut pas se contenir plus longtemps, prit son fusil et se jeta au grand galop au milieu des tireurs.

– Place à Ammalat-Beg ! cria-t-on de tous côtés.

Et chacun s'écarta aussi vite que si l'on eût crié : « Place à la trombe ! place à l'ouragan ! »

Sur la distance d'une verste, on avait placé dix bâtons, chacun surmonté d'un papak.

Ammalat-Beg mit son cheval au galop, les dépassa depuis le premier jusqu'au dernier, en tenant son fusil élevé au-dessus de sa tête ; puis, lorsqu'il eut dépassé le dernier, il se retourna, et, se dressant sur ses étriers, il fit feu sans s'arrêter.

Le papak tomba.

Alors, toujours galopant, il rechargea son fusil, revint sur ses pas, reprenant au retour la route qu'il avait suivie en venant, abattit le second papak de la même manière, et ainsi de suite jusqu'au dernier des dix.

Cette preuve d'adresse, dix fois répétée, souleva des applaudissements universels.

Ammalat-Beg ne s'arrêta point ; une fois lancé, son orgueil devait obtenir un triomphe complet. Il jeta son fusil loin de lui, prit son pistolet, se retourna sur sa selle de manière à galoper à l'envers, et, au moment où le cheval, en galopant, levait les deux pieds de derrière, il lâcha le coup et le déferra du pied droit ; puis, rechargeant son pistolet, il en fit autant du pied gauche.

Ce furent des cris d'admiration.

Alors, il prit de nouveau son fusil, et ordonna à un de ses noukers de galoper devant lui.

Tous deux partirent, rapides comme la pensée.

Au milieu de la course, le nouker prit un rouble d'argent et le jeta en l'air.

Ammalat-Beg porta son fusil à son épaule ; mais, en ce moment, son cheval fit un faux pas, s'abattit et roula en labourant la poussière du chemin avec sa tête.

Un seul cri se fit entendre : il était sorti à la fois de toutes les poitrines.

Mais l'habile cavalier resta debout sur ses étriers, ne bougea pas plus que si rien n'était arrivé, et, au moment où ses deux pieds touchaient la terre, il lâcha le coup.

Le rouble, enlevé par la balle, alla retomber bien au-delà du cercle du peuple.

La foule, ivre de joie, poussait des hourras frénétiques.

Mais Ammalat-Beg, calme et en apparence impassible, dégagea vivement ses pieds des étriers, fit relever son cheval et en jeta la bride au bras d'un de ses noukers, pour qu'il le fit ferrer à l'instant même.

La course et le tir continuèrent.

En ce moment s'approcha d'Ammalat-Beg son frère de lait,

Sophyr-Ali, fils d'un pauvre beg de Bouinaky.

C'était un beau jeune homme, simple et joyeux ; il avait été élevé et avait grandi avec Ammalat. Il existait entre eux la même familiarité qu'il y eût eu entre deux frères.

Il sauta à bas de son cheval, le salua, et dit :

– Le nouker Mohammed fatigue ton vieux cheval Amtrim, en voulant lui faire sauter un ravin qui a plus de quinze pieds de large.

– Et Amtrim ne le saute pas ? s'écria Ammalat-Beg avec impatience et en fronçant le sourcil. Qu'on me l'amène à l'instant.

Il alla au-devant du cheval, fit signe au nouker d'en descendre, sauta en selle, et conduisit Amtrim droit au fossé pour le lui faire voir.

Puis, revenant sur ses pas, il prit du champ, et le mit au galop dans la direction du ravin.

Plus il approchait, plus il le serrait des jambes et le soutenait de la bride.

Mais Amtrim, ne comptant pas sur ses forces, se déroba à droite par un rapide écart.

Ammalat-Beg reprit du champ et repartit au galop une seconde fois.

Cette seconde fois, Amtrim, pressé par le fouet, se dressa sur ses pieds de derrière comme s'il allait sauter.

Mais, au lieu d'accomplir le mouvement commencé, il tourna sur ses pieds de derrière comme sur un pivot, et se déroba une seconde fois.

Ammalat-Beg devint furieux.

Inutilement Sophyr-Ali le pria-t-il de ne point forcer la pauvre bête, qui avait glorieusement perdu ses forces dans les combats et les courses : Ammalat n'écoutait rien, et, tirant sa *schaska* du fourreau, il le força de reprendre un troisième élan, l'excitant cette fois non plus avec le fouet, mais avec la lame du sabre.

Mais rien n'y fit : cette fois, comme les deux autres, le cheval s'arrêta au bord du fossé.

Seulement, cette fois, Ammalat-Beg donna au pauvre Amtrimk un tel coup de la poignée de sa schaska entre les deux oreilles, que le cheval s'abattit comme un bœuf frappé de la massue.

Ammalat-Beg l'avait tué roide.

– Voilà la récompense d'un serviteur fidèle ! dit Sophyr-Ali avec un soupir et en regardant tristement l'animal mort.

– Non, mais la punition de sa désobéissance, répliqua Ammalat-Beg avec colère.

Sophyr-Ali se tut.

Les cavaliers continuaient de galoper.

Tout à coup, on entendit le roulement des tambours, et l'on vit briller derrière les montagnes l'extrémité des baïonnettes russes qui grandissaient peu à peu.

C'était une compagnie du régiment de Kousinsk qui revenait d'escorter un transport de blé parti de Derbend, et qui faisait retour.

Le capitaine, commandant cette compagnie, et un autre officier, marchaient à quelques pas en avant de la troupe.

Pensant qu'il était temps de leur donner un peu de repos, le capitaine fit faire halte à ses soldats.

Ceux-ci posèrent leurs fusils en faisceaux, laissèrent près des faisceaux une sentinelle, et s'étendirent sur le gazon.

L'arrivée d'un détachement russe n'était pas une nouveauté pour les habitants de Bouinaky, en 1819 ; mais, même aujourd'hui, une pareille apparition n'est jamais chose bien agréable aux hommes du Daghestan. Leur religion leur fait regarder les Russes comme des ennemis éternels, et, s'ils leur sourient parfois, c'est en cachant leurs vrais sentiments sous ce sourire ; et ces vrais sentiments, c'est une haine acharnée et mortelle.

Un murmure passa dans la foule, lorsqu'elle vit les Russes faire halte sur son champ de courses. Les femmes regagnèrent leurs maisons, non toutefois sans jeter, par l'ouverture de leur voile, un coup d'œil sur les nouveaux venus ; les hommes, au contraire, les regardèrent de côté, en se rassemblant en rond pour parler à voix basse.

Mais les vieillards, plus prudents, s'approchèrent du capitaine et s'informèrent de sa santé.

– Quant à moi, cela va bien, dit-il ; mais mon cheval est déferré, de sorte qu'il boite. Par bonheur, voici un brave Tatar, continua-t-il en montrant le maréchal qui ferrait le cheval d'Ammalat, qui va remédier à la chose.

Puis, s'approchant de lui :

– Eh ! l'ami, dit-il, quand tu auras fini de ferrer le cheval à qui tu mets une semelle neuve, tu en feras autant du mien.

Le forgeron, qui avait le visage doublement noirci, et par le soleil et par la vapeur du charbon, tourna sur le capitaine un œil sombre, retroussa ses moustaches, enfonça son papak au niveau de ses oreilles, mais ne répondit pas ; et, comme il en avait fini avec le cheval d'Ammalat-Beg, il mit tranquillement ses instruments dans son sac.

– Ah çà ! m'as-tu compris ? lui demanda le capitaine.

– Parfaitement, répondit le forgeron.

– Que t'ai-je dit, alors ?

– Que ton cheval était déferré.

– Eh bien, puisque tu as compris, mets-toi à la besogne.

– C'est aujourd'hui vendredi, c'est-à-dire jour de fête ; les jours de fête, on ne travaille pas, répondit le Tatar.

– Écoute, dit le capitaine, je te paierai ce que tu demanderas ; mais tu dois savoir une chose, c'est que ce que tu ne voudras pas faire de bonne volonté, tu le feras de force.

– Avant tout autre ordre, je dois obéir à celui d'Allah, qui me défend de travailler le vendredi. Les jours ordinaires, c'est déjà trop de pécher, mais, un jour comme celui-ci, j'y regarderai à deux fois ! Je n'ai pas envie d'acheter moi-même le charbon qui me brûlera en enfer.

– Que faisais-tu donc tout à l'heure ? répliqua le capitaine commençant à froncer le sourcil à son tour. Est-ce que tu ne travaillais pas ? Il me semble qu'un cheval est un cheval, le mien surtout, qui est un musulman de pure race. Regarde, est-ce que tu ne le reconnais pas pour un karabak ?

– Un cheval est un cheval, c'est vrai, et il n'y a pas de différence entre eux quand ils sont de bonne race ; mais il n'en est pas de même des hommes. Le cheval que je viens de ferrer est à Ammalat-

Beg, et Ammalat-Beg est mon aga.

– Ce qui veut dire que, si tu ne lui avais pas obéi, il t'aurait coupé les deux oreilles, drôle ! et tu ne veux pas travailler pour moi, parce que tu ne me reconnais pas le droit de t'en faire autant. Très bien, mon cher ! je ne te couperai pas les oreilles, parce que la chose nous est défendue, à nous autres chrétiens ; mais tu peux être sûr que tu recevras deux cents coups de fouet sur les reins, si tu ne m'obéis pas. Tu entends ?

– J'entends ?

– Eh bien ?

– Eh bien, comme je suis un bon musulman, je te répondrai, la seconde fois, ce que je t'ai répondu la première : c'est aujourd'hui vendredi, et les musulmans ne travaillent pas le vendredi.

– Tu crois ?

– J'en suis sûr.

– Quand tu as travaillé pour le plaisir de ton maître tatar, tu travailleras bien pour la nécessité d'un officier russe. Je dis nécessité, attendu que, si mon cheval n'est pas ferré, je ne puis pas continuer ma route. – Ici, soldats !

Il s'était déjà formé un grand cercle autour des deux disputeurs ; mais, à ce point de la querelle, le cercle devint à la fois plus grand et plus pressé, et, parmi les Tatars, des voix commencèrent à se faire entendre qui disaient :

– Non, cela ne se doit pas ; cela ne peut pas être. C'est aujourd'hui fête : on ne travaille pas le vendredi.

En même temps, plusieurs des camarades du forgeron commencèrent à enfoncer leur papak sur leurs yeux et à mettre la main sur le manche de leur poignard, s'approchant du capitaine et criant au forgeron :

– Ne ferre pas le cheval du Russe, Alikper, ne touche pas à sa bête ; ce que tu fais pour Ammalat-Beg, qui est un bon musulman, tu ne dois pas le faire pour un chien de Moscovite.

Le capitaine était brave ; d'ailleurs, il connaissait les Asiatiques.

– Voulez-vous faire place nette, tas de canailles ? leur cria-t-il en tirant un pistolet de ses fontes ; ou, si vous restez, taisez-vous ! car, aussi vrai que vous serez tous damnés, le premier qui dit un mot, je lui ferme les lèvres avec un cachet de plomb.

Cette menace, appuyée par les baïonnettes de plusieurs soldats, produisit son effet. Les poltrons s'enfuirent, les braves restèrent, mais ne dirent plus un mot.

Quant à maître Alikper, voyant que l'affaire allait mal pour lui, il regarda s'il y avait quelque moyen de fuir, et, n'en voyant aucun, il murmura quelques mots turcs qui étaient évidemment une excuse au Prophète, retroussa ses manches, ouvrit son sac, en tira son marteau et son ciseau et s'apprêta à obéir.

Il faut dire une chose : c'est qu'Ammalat-Beg n'avait rien vu de ce qui venait de se passer. Aussitôt qu'il avait aperçu les Russes, ne voulant point avoir avec eux de choc désagréable, il avait adressé quelques mots à une vieille femme, sa nourrice, qui, dans tous les exercices qu'il venait d'exécuter, l'avait suivi des yeux avec un amour tout maternel, et, sautant sur son cheval, il avait repris le chemin de sa maison, qui, pareille à un nid d'aigle, dominait le village de Bouinaky.

Mais, si un des personnages importants de notre récit venait de sortir de scène par un côté, un personnage, d'une certaine importance aussi, entrait au même instant par l'autre.

II

C'était un cavalier de petite taille, mais vigoureusement bâti. Il paraissait appartenir à la tribu bien reconnaissable des Avares : il portait une cuirasse et un casque de mailles, un petit bouclier à la main gauche, et une schaska à lame droite pendait à son côté.

La seule chose qui manquât au costume du nouvel arrivant, costume qui est encore aujourd'hui exactement le même que celui des croisés, c'était la croix de drap rouge que portent, sur le côté droit de la poitrine, ceux de ces montagnards qui sont restés fidèles à la religion chrétienne.

Les autres, qui se sont faits musulmans ou par force ou par conviction, ont conservé le même costume, mais en ont enlevé le signe de notre rédemption.

Ce cavalier était suivi de cinq noukers, parfaitement armés comme lui.

À la poussière dont ces hommes étaient couverts, à l'écume qui trempait leurs chevaux, il était facile de voir qu'ils avaient fait un long et rapide voyage.

Le premier cavalier, auquel nous avons accordé une mention particulière, en passant lentement à côté des soldats russes, qu'il semblait regarder avec une indifférence insultante, frôla de si près les fusils, qu'il accrocha un des faisceaux et le fit tomber à terre.

Mais, sans paraître remarquer l'accident, il continua son chemin, tandis que ses noukers laissaient insoucieusement les pieds de leurs chevaux se poser sur les fusils renversés.

La sentinelle qui, de loin, avait crié au cavalier : « Au large ! » - injonction qui, comme on peut le voir, n'avait pas eu grand effet, - sauta à la bride de son cheval, tandis que les soldats, se regardant comme insultés par le mépris des musulmans, se mirent à gronder contre eux.

– Qui es-tu ? cria la sentinelle en saisissant, comme nous l'avons dit, la bride du chef de la petite troupe.

– Tu es nouveau dans le pays, si tu n'as pas reconnu Ackmeth, khan d'Avarie, répondit tranquillement le chevalier, en arrachant la bride de son cheval de la main de la sentinelle. Il me semble cependant que, l'an dernier, près de Backli, j'ai laissé aux Russes un bon souvenir de moi.

Puis, comme il avait parlé en tatar, se retournant vers un de ses noukers :

– Traduis à ces chiens, dans leur langue, ce que je viens de leur faire l'honneur de leur dire, ajouta-t-il.

Le nouker répéta mot à mot en russe les paroles qu'Ackmeth-Khan venait de dire en tatar.

– C'est Ackmeth-Khan !... c'est Ackmeth-Khan !... répétèrent comme en chœur les soldats. Mettez la main sur lui, ne le lâchez pas, puisque nous le tenons ; il faut nous venger de l'affaire de Backli.

– Arrière, misérables ! cria Ackmeth-Khan en donnant un coup de son fouet sur la main de la sentinelle. As-tu oublié qu'aujourd'hui je suis un général russe ?

Et, cette fois, il prononça ces paroles dans un si pur moscovite, que les soldats n'en perdirent pas un mot.

– Tu veux dire un traître russe ! crièrent plusieurs soldats. Conduisons-le au capitaine, ou à Derbend, chez le colonel Verkovsky.

– C'est en enfer seulement que j'irai avec de pareils conducteurs, dit Ackmeth-Khan d'un ton de mépris.

En même temps, il fit cabrer son cheval sur les pieds de derrière, le porta à droite, puis à gauche ; enfin, cinglant sa croupe d'un violent coup de fouet, il le fit bondir par-dessus la sentinelle, qu'en passant il renversa du choc.

Les noukers mirent leurs montures au galop et suivirent leur khan, qui fit à peu près cent pas de cette course rapide, puis laissa son cheval reprendre l'allure ordinaire, tout en jouant tranquillement avec sa bride.

Alors seulement la foule des Tatars rassemblés autour du maréchal, qui avait commencé de ferrer le cheval du capitaine, attira son attention ; car, de même que le capitaine n'avait pu voir ce qui se passait derrière lui, Ackmeth-Khan ignorait ce qui s'était passé devant.

– Il paraît qu'il y a du tapage ici ? demanda le khan en arrêtant son cheval. De quoi est-il question, et à quel propos la dispute ?

– Ah ! c'est le khan ! s'écrièrent les Tatars.

Et ils le saluèrent respectueusement.

Ackmeth-Khan renouvela sa question.

On lui raconta l'affaire du capitaine et du maréchal.

– Et vous regardez, immobiles et stupides comme des buffles, lorsqu'on l'on violente votre frère, lorsque l'on méprise vos usages, lorsque l'on foule aux pieds votre religion ! s'écria Ackmeth-Khan, et vous murmurez comme de vieilles femmes, au lieu de vous venger ! Pourquoi ne pleurez-vous pas ?

Puis trois fois, et du ton du plus profond dédain :

– Lâches ! lâches ! lâches ! dit-il

– Que faire ? répondirent plusieurs voix. Les Russes ont des canons et des baïonnettes.

– Et vous, est-ce que vous n'avez pas des fusils et des poignards ? Honte ! honte aux musulmans ! le sabre du Daghestan tremble devant le fouet moscovite !

Les regards s'enflammèrent.

Ackmeth poursuivit :

– Ah ! vous avez peur des canons et des baïonnettes, mais vous ne craignez pas le déshonneur. Entre l'enfer et la Sibérie, vous choisissez l'enfer. Vos aïeux ont-ils agi de la sorte ? Vos pères ont-ils pensé comme vous ? Ils ne comptaient pas leurs ennemis ; mais, quel que fût leur nombre, ils marchaient à eux en criant : *Allah !* et, s'ils tombaient, ils tombaient, du moins avec gloire. Est-ce que, par hasard, les Russes seraient faits d'un autre métal que vous ? Est-ce que leurs canons ne vous ont jamais tourné que la gueule ? On attaque le bœuf par les cornes, misérables ! on prend les scorpions par la queue, lâches !

Et, comme il avait déjà fait, il répéta par trois fois :

– Lâches ! lâches ! lâches !

Cette fois, l'insulte frappa les Tatars en plein visage.

– Il a raison, crièrent-ils. Ackmeth-Khan a raison. Nous sommes trop bons pour permettre tout cela aux Russes. Délivrons le maréchal ! délivrons Alikper !

Et ils commencèrent à se resserrer, plus menaçants que jamais, autour des soldats au centre desquels le forgeron ferrait le cheval du capitaine.

La révolte grandissait.

Satisfait d'avoir mené les choses à ce point, et ne voulant pas se compromettre dans une si petite affaire, Ackmeth-Khan laissa deux de ses noukers pour animer les Tatars, et, suivi des trois autres, il prit, dans la montagne, le chemin rapide qui menait à la maison d'Ammalat-Beg.

Celui-ci était déjà rentré et fumait le khalian, couché sur un divan.

En voyant Ackmeth-Khan apparaître au seuil de sa porte, il se leva et vint à sa rencontre.

– Sois vainqueur ! dit Ackmeth-Khan à Ammalat-Beg.

Ce compliment de bienvenue des Tcherkesses était prononcé avec un accent tellement significatif, qu'Ammalat-Beg, après avoir embrassé Ackmeth-Khan, lui demanda :

– Est-ce une raillerie ou une prédiction, mon cher hôte, que tu viens de m'adresser là ?

– Cela dépend de toi, et ce sera comme il te conviendra. L'héritier de la principauté de Tarkovsky n'a qu'à tirer son sabre pour...

– Pour ne plus jamais le remettre au fourreau, khan !

Puis, secouant la tête :

– Ce serait une mauvaise affaire pour moi, continua-t-il, et mieux vaut être propriétaire tranquille et incontesté de Bouinaky, que de me cacher dans les montagnes comme un proscrit.

– Ou comme un lion, Ammalat ! Les lions aussi, pour être libres, habitent la montagne.

Le jeune homme poussa un soupir.

– Mieux vaut rêver toujours et ne pas se réveiller, Ackmeth... Je dors, ne me réveille pas.

– Ce sont les Russes qui te versent l'opium qui te fait dormir, et, pendant ton sommeil, un autre cueille les fruits d'or de ton jardin.

– Que puis-je faire avec le peu de forces que j'ai ?

– Les forces sont dans l'âme, Ammalat. Ose seulement, et tout se courbera devant toi.

Puis, prêtant l'oreille ;

– Écoute, dit-il, voilà une voix qui te crie, comme moi, de te réveiller : c'est celle de la victoire.

En effet, le bruit d'une vive fusillade arriva jusqu'aux deux princes.

En ce moment, Sophyr-Ali entra dans la chambre, pâle et le visage bouleversé.

– Entends-tu, chamkal ? dit-il. Bouinaky se révolte. La foule entoure la compagnie russe et les Tatars font feu sur les soldats.

– Ah ! les drôles ! s'écria Ammalat-Beg en sautant sur son fusil. Comment ont-ils osé faire quelque chose sans moi ? Cours en avant, Sophyr-Ali ; ordonne-leur en mon nom de se tenir tranquilles, et tue le premier qui désobéira.

– J'ai voulu les calmer, répondit le jeune homme ; mais ils ne m'écoutent pas. Les noukers d'Ackmeth-Khan sont avec eux et les excitent en criant : « Tuez les Russes ! »

– Mes noukers ont-ils vraiment crié cela ? demanda Ackmeth-Khan avec un sourire.

– Non seulement ils ont crié cela, mais encore ils ont donné l'exemple en tirant les premiers, dit Sophyr-Ali.

– En ce cas, ce sont de braves gens, dit Ackmeth-Khan, et qui comprennent à demi-mot ce qu'on leur dit.

– Qu'as-tu fait, khan Ackmeth ? s'écria Ammalat-Beg avec tristesse.

– Ce que tu aurais dû faire depuis longtemps.

– Comment vais-je répondre aux Russes maintenant ? demanda le jeune prince.

– Avec la balle et le kandjar. Le sort travaille pour toi, heureux rebelle. Allons, au vent les schaskas, et tombons sur les Russes !

– Ils sont ici ! cria le capitaine d'une voix de tonnerre, en s'élançant dans la chambre accompagné de deux hommes, tant il avait rapidement gravi la pente de la montagne qui conduisait à la maison d'Ammalat.

Puis, se retournant vers ses deux hommes :

– Gardez les portes, vous autres, dit-il, et que personne ne sorte.

Les deux soldats obéirent.

Troublé par cette révolte inattendue dans laquelle ou pouvait très bien l'impliquer, quoiqu'il n'y eût pas eu la moindre part, Ammalat s'avança vers le capitaine, et, d'une voix amicale qui contrastait avec l'accent de colère de celui-ci :

– Apportes-tu la joie dans ma maison, frère ? lui demanda-t-il en tatar.

– Je ne sais ce que j'apporte dans la maison, Ammalat, dit le capitaine ; mais je sais comment on me reçoit dans ton village ; on me reçoit en ennemi, et les hommes ont fait feu sur les soldats de mon... de ton... de notre commun empereur.

– Ils ont mal fait de tirer sur les Russes, dit Ackmeth-Khan en se couchant nonchalamment sur les coussins du divan et en tirant une bouffée de fumée du khalian abandonné par Ammalat-Beg, ils ont mal fait, si chaque coup qu'ils ont tiré n'a pas tué son homme.

– Tiens, voilà la cause de tout le mal, Ammalat ! dit le capitaine en montrant Ackmeth-Khan avec un geste de colère. Sans lui, tout serait tranquille dans Bouinaky. En vérité, tu es charmant, Ammalat. Tu te dis l'ami des Russes et tu reçois leur ennemi comme un hôte ! tu le caches comme un complice ! Ammalat-Beg, au nom de l'empereur, j'exige que tu me livres cet homme.

– Capitaine, répondit Ammalat d'une voix douce mais ferme, tu sais que, chez nous, l'hôte est sacré. Ce serait un crime de te livrer mon hôte ; ne l'exige pas, respecte nos usages, et, s'il le faut, respecte ma prière.

– Je te dirai à mon tour, Ammalat : le devoir avant les usages ; l'hospitalité est sainte, mais le serment est plus saint encore. Le serment nous défend de dérober à la justice, même notre frère, si notre frère est criminel.

– Je vendrais plutôt mon frère que mon hôte, capitaine. Ce n'est point ton affaire, d'ailleurs, de me dicter la conduite que j'ai à suivre. Si je pèche, Allah et le padischah me jugeront. Que le

Prophète garde le khan dans la plaine ou dans la montagne : une fois là, je n'ai rien à y voir ; mais ici, sous mon toit, je dois le défendre, et, ajouta le jeune prince d'un ton résolu, et... je le défendrai.

– Alors tu réponds pour un traître ? demanda le capitaine.

Khan Ackmeth n'avait pas pris part à la dispute : il fumait tranquillement son khalian, comme s'il se fût agi d'un autre que lui ; mais, au mot *traître*, il bondit sur ses pieds, plutôt qu'il ne se leva, et, s'approchant du capitaine :

– Tu dis que je suis un traître, fit-il ; dis mieux, dis que j'ai voulu devenir traître à ceux à qui je dois rester fidèle. Le padischah russe m'a donné un grade, et je lui ai été reconnaissant tant qu'il n'a pas exigé de moi l'impossible. On voulait que je laissasse les troupes russes dans l'Avarie ; que je permisse d'y bâtir des forteresses. Comment m'eusses-tu nommé alors, si j'eusse vendu le sang et la liberté de ceux dont Allah m'a fait le chef et le père ? Mais, l'eussé-je voulu, je n'y aurais pas réussi : des milliers de poignards m'eussent percé le cœur ; les rochers se fussent détachés de leur base et d'eux-mêmes eussent roulé sur ma tête. Je me suis éloigné de l'amitié des Russes, mais je n'étais pas encore leur ennemi. Quel prix ai-je reçu de ma patience ? J'ai été offensé par la lettre d'un de vos généraux. Cette offense lui a coûté cher dans le Backli. Pour quelques mots, j'ai versé un fleuve de sang, et ce fleuve de sang me sépare de vous pour toujours.

– Eh bien, ce sang crie vengeance, dit le capitaine furieux, et tu n'échapperas pas à cette vengeance, misérable !

Et il fit un mouvement pour saisir Ackmeth-Khan à la gorge.

Mais, avant que sa main eût touché le chef montagnard, le kandjar de celui-ci avait disparu tout entier dans ses entrailles.

Le capitaine, sans prononcer une parole, sans pousser un soupir, tomba mort sur le tapis.

Puis, avec la même rapidité, tirant son pistolet de sa ceinture et arrachant celui d'Ammalat-Beg de la sienne, Ackmeth-Khan, des deux coups, rapides comme l'éclair, mortels comme la foudre, étendit à ses pieds les deux Russes qui gardaient la porte.

Ammalat-Beg l'avait vu faire sans avoir le temps de s'opposer à ce triple meurtre.

– Tu m'as perdu, Ackmeth, lui dit-il tristement ; cet homme était russe, il était mon hôte.

– Il y a des offenses que le toit ne couvre pas, chamkal, dit le khan ; mais ce n'est pas l'heure de discuter : fermons les portes, appelle les tiens, et marchons aux ennemis.

– Il y a une heure, ils n'étaient pas mes ennemis, dit Ammalat-Beg, et maintenant comment veux-tu que je marche contre eux ? Je n'ai pas de poudre, je n'ai pas de balles, et mes gens sont dispersés.

– Les Russes ! les Russes ! s'écria Sophyr-Ali en entrant et en pâlissant de terreur à la vue des trois cadavres.

– Viens avec moi, Ammalat, dit le khan Ackmeth, j'allais dans la Tchetchina pour la soulever contre la ligne ; ce qui arrivera, Dieu le sait ! Mais il y a dans les montagnes du pain et de l'eau, de la poudre et des balles. C'est tout ce qu'il faut à un montagnard. Est-ce dit ?

– Partons donc, répondit Ammalat résolu. Aussi bien, il ne me reste qu'à fuir. Tu as raison, ce n'est point l'heure des récriminations et des reproches. Mon cheval et six noukers avec moi, Sophyr-Ali...

– Et moi aussi, moi aussi, n'est-ce pas ? dit le jeune homme en l'interrompant, les larmes aux yeux.

– Non. Toi, mon cher Sophyr, tu restes ici pour veiller à ce qu'on ne pille pas la maison. Salue ma femme de ma part, et ramène-la chez son père. Ne m'oublie pas. Adieu !

Et, comme Ackmeth-Khan et Ammalat sortaient par une porte, les Russes entraient par l'autre.

III

Un chaud midi de printemps pesait sur le Caucase.

Les cris des mollahs appelaient à la prière les habitants de la Tchetchina, et leur accent monotone, après avoir éveillé pour un instant l'écho des rochers, s'éteignait peu à peu dans l'air immobile.

Le mollah Hadji-Soleiman, pieux Turc, envoyé dans les montagnes par le divan de Stamboul pour fortifier la foi chez les montagnards, et en même temps pour les pousser à la révolte contre les Russes, se reposait sur le toit de la mosquée après avoir fait ses ablutions et sa prière. Il y avait peu de temps qu'il avait été choisi comme mollah du village de Tchetchen-Igalis, et c'est pour cela, sans doute, qu'il regardait si gravement sa barbe et si sérieusement les ronds de fumée qui s'envolaient de sa chibouque.

De temps en temps, en outre, son œil s'arrêtait avec satisfaction sur l'ouverture sombre de deux ou trois cavernes creusées dans le roc, juste en face de lui.

Il avait à sa gauche les crêtes qui séparent la Tchetchina de l'Avarie, et, plus loin, les sommets neigeux du Caucase. Les cabanes, parsemées sur les pentes, descendaient par cascades jusqu'à la moitié de la montagne, où elles s'arrêtaient, formant une forteresse à laquelle menaient seulement d'étroits sentiers, et qui, créée par la nature, servait aux montagnards d'arche pour leur liberté.

Tout était tranquille dans le village et dans les montagnes voisines ; on ne voyait pas une âme par les chemins et par les rues. Les troupeaux de moutons avaient cherché l'ombre dans les ravins, les buffles s'étaient rassemblés dans un torrent étroit et boueux, et, couchés dans la vase, montraient seulement leurs têtes au-dessus de l'eau. Le léger bourdonnement des insectes, le cri monotone du grillon, étaient les seuls signes de vie que donnât la création au milieu de la morne tranquillité des montagnes, et Hadji-Soleiman, couché sous la coupole, admirait, avec cette quiétude qui n'appartient qu'aux peuples rêveurs, la splendeur inactive de la nature, si bien en harmonie avec la paresse musulmane. À peine clignait-il ses yeux, dans le vague desquels semblaient s'être éteints le feu et la lumière du soleil, lorsque, à travers cette apparente vacuité, il vit deux cavaliers qui gravissaient au pas la montagne opposée à celle où étaient creusées les cavernes.

– Nephtali ! cria le mollah en se tournant vers la cabane la plus proche de la mosquée et à la porte de laquelle était un cheval tout sellé.

À cet appel, un beau Circassien, à barbe courte sans être rasée, coiffée d'un papak qui lui couvrait la moitié du visage, parut dans la rue.

– Je vois deux cavaliers, continua le mollah ; ils vont passer en dehors du village.

– Ce sont des juifs ou des Arméniens, répondit Nephtali. Ils n'ont pas voulu prendre de guide par économie, et ils se casseront le cou dans le sentier où ils sont engagés ; les chèvres sauvages seules et les premiers cavaliers de la Tchetchina passent par ce chemin.

– Non, frère Nephtali, dit le mollah. J'ai fait deux voyages à La Mecque, et je connais parfaitement les juifs et les Arméniens. Ces cavaliers n'appartiennent ni à l'un ni à l'autre de ces deux peuples. Si c'étaient des juifs ou des Arméniens, ils viendraient pour affaires de commerce et auraient du bagage ; mais regarde toi-même, tes yeux sont jeunes et, par conséquent, plus sûrs que les miens. Autrefois, à une verste de distance, continua le mollah, je pouvais compter les boutons de l'uniforme d'un soldat russe, et la balle que j'envoyais à l'infidèle ne manquait jamais son but ; aujourd'hui, à la même distance, c'est à peine si je distinguerais un buffle d'un cheval.

Et il poussa un soupir.

Tandis qu'il se parlait à lui-même plutôt qu'il ne parlait à son compagnon, celui-ci était rapidement monté près de lui et regardait les voyageurs, qui continuaient de s'approcher.

– La journée est chaude et le voyage fatigant, dit le mollah ; invite ces deux voyageurs à se rafraîchir et à faire reposer leurs chevaux. Peut-être savent-ils quelque nouvelle. Le Coran nous ordonne d'accueillir ceux qui vont par les chemins.

– Avant même que le Coran eût pénétré dans nos montagnes, dit Nephtali, jamais un voyageur n'a quitté le village sans s'y être reposé et s'y être nourri, ne nous a dit adieu sans nous bénir, et n'est parti sans guide pour le reste de son voyage ; seulement, je soupçonne ces deux voyageurs-ci. Pourquoi évitent-ils les bonnes gens ? et, au lieu de passer dans l'*aoul*, pourquoi passent-ils à côté, au risque de leur vie ?

– En tout cas, il me semble que ce sont des compatriotes, dit Hadji-Soleiman en approchant sa main de ses yeux pour les abriter des rayons du soleil. Ils portent l'habit tchetchène ; peut-être reviennent-ils de l'expédition pour laquelle ton père est parti avec cent des nôtres, ou peut-être encore sont-ce deux frères réunis par un serment et qui vont venger le sang par le sang.

– Non, Soleiman, dit le jeune homme en secouant la tête ; non, ces deux hommes ne sont pas des nôtres. Nul montagnard ne viendrait ici tout exprès pour se vanter d'un combat avec les Russes et pour montrer ses armes. Ce ne sont pas non plus des *abrecks* ; des abrecks, passassent-ils au milieu des ennemis les plus acharnés, ne tireraient pas leurs *bachliks* sur leur visage. L'habit trompe quelquefois, Hadji ; qui peut dire que ce ne sont pas des déserteurs russes ? Il n'y a pas longtemps qu'un Cosaque s'est échappé de l'aoul de Goumbet après avoir tiré le maître de la maison où il demeurait et lui avoir volé son cheval et ses armes. Le diable est bien malin, et souvent le plus fort cède à la tentation.

– Il n'y a pas de fort quand la croyance est faible, Nephtali ; mais attends, je vois des boucles de cheveux au-dessous du papak du second cavalier.

– Que je sois réduit en poudre si ce n'est pas vrai ! s'écria Nephtali. Celui-ci est un Russe ou, pis encore, un chaguide tatar. Attends, attends, je vais friser les boucles de ses cheveux, moi. Je reviens dans une demi-heure, Soleiman. Dans une demi-heure, ou ils seront nos hôtes, ou l'un de nous saura quelle profondeur a le précipice.

Nephtali descendit rapidement l'escalier, prit son fusil, sauta sur son cheval, et se lança au grand galop dans la montagne, ne s'inquiétant ni des ravins, ni des rochers. Seulement, de loin, on pouvait voir les cailloux voler comme de la poussière sous les pieds de l'intrépide cavalier.

– *Allah akbar !* dit fièrement le hadji en rallumant sa chibouque éteinte.

Nephtali eut bientôt rejoint les deux cavaliers. Leurs chevaux, fatigués, couverts d'écume, mouillaient de leur sueur l'étroit sentier par lequel ils gravissaient la montagne. Celui qui marchait le premier portait la cotte de mailles des Tchepsours, l'autre le costume des Tcherkesses ; seulement, jurant avec ce costume, au lieu de la schaska, un sabre persan pendait à la riche ceinture qui entourait sa taille.

On ne pouvait voir leurs visages, sur lesquels leurs bachliks étaient tirés, soit qu'ils voulussent se garantir du soleil, soit qu'ils désirassent n'être point reconnus.

Nephtali marcha longtemps derrière eux par ce chemin étroit qui côtoyait le précipice ; mais, le chemin étant devenu un peu plus large, il les devança et leur barra le passage.

– *Salam aleikoum !* dit-il en mettant son fusil tout armé en travers sur sa selle.

Le premier des deux inconnus releva son bachlik, mais juste ce qu'il fallait pour qu'il pût voir sans être vu.

– *Aleikoum salam !* répondit-il en détachant son fusil à son tour et se dressant sur ses étriers.

– Que Dieu protège votre voyage ! continua Nephtali tout en s'apprêtant à tuer le voyageur, auquel il souhaitait la protection de Dieu, au premier mouvement hostile qu'il lui verrait faire.

– Et à toi, répondit l'inconnu à la cotte de mailles, que Dieu te donne l'intelligence, afin que tu ne te mettes plus en travers du chemin des voyageurs. Que veux-tu, kounack ?

– Je vous offre le repos et le dîner pour vous, l'écurie pour vos chevaux. Il y a toujours place dans ma maison pour l'hospitalité. La bénédiction du voyageur multiplie les troupeaux. Ne laissez pas tomber de reproche sur notre village, qu'il est de ceux près desquels on passe sans s'y arrêter.

– Merci, frère. Nous ne venons pas dans la montagne pour y faire des visites ; nous sommes pressés.

– Prenez garde ! répliqua Nephtali ; vous allez au-devant du danger sans prendre de guide.

– Un guide ? dit le voyageur en riant ; un guide dans le Caucase ? Mais je connais la montagne mieux qu'aucun de vous ; j'ai été là où ne vont pas les jaguars, où ne vont pas les serpents, où vont seulement les aigles. Fais-nous place, camarade ; ta maison n'est pas sur mon chemin, et je n'ai pas de temps à perdre en bavardant avec toi.

– Je ne te céderai point un pas, répondit le jeune homme, que je ne sache ton nom.

– Remercie le ciel, Nephtali, que je connaisse ton père, et que j'aie souvent marché au combat côte à côte avec lui. Mais range-toi, ou, malgré cette amitié que je lui porte, ta mère pleurera demain en voyant les lambeaux de la chair de son enfant aux dents des chacals et au bec des aigles... Fils indigne ! tu te promènes sur les routes, cherchant querelle aux voyageurs, quand les os de ton père blanchissent dans la plaine russe, et quand les femmes cosaques vendent ses armes ! Nephtali, ton père a été tué hier de l'autre côté du Tereck ! Maintenant, puisque tu veux me connaître, reconnais-moi.

– Sultan Ackmeth-Khan ! s'écria le jeune Tchetchène troublé à la fois, et par la nouvelle qu'il venait d'apprendre, et par le regard sévère du voyageur.

– Oui, je suis Ackmeth-Khan, répondit le prince ; mais souviens-toi, Nephtali, que, si tu dis à quelqu'un : « J'ai vu le khan d'Avarie », ma vengeance suivra tes descendants jusqu'à la dernière génération.

Le jeune homme se rangea respectueusement et les voyageurs passèrent près de lui.

Ackmeth-Khan retomba dans le silence d'où l'avait tiré l'apparition du jeune homme. Il était occupé de sombres souvenirs. Le second voyageur, Ammalat-Beg – car c'était lui –, était, comme le khan, rêveur et muet. Leurs habits portaient la trace d'un combat récent, leurs moustaches étaient brûlées par la poudre, et des gouttelettes de sang étaient séchées sur leur visage. Mais le regard fier d'Ackmeth semblait défier toute la nature ; un sourire de mépris relevait ses lèvres.

Quant à Ammalat-Beg, c'était la fatigue qu'exprimaient ses traits. À peine regardait-il autour de lui ; de temps en temps seulement, il laissait échapper un soupir que lui arrachait la douleur de sa main blessée.

La marche de son cheval, peu habitué aux montagnes, lui causait autant d'impatience que d'ennui.

Il rompit le silence le premier.

– Pourquoi as-tu refusé l'invitation de ce bon jeune homme ? demanda-t-il au khan d'Avarie. Nous nous serions arrêtés une heure ou deux.

– Tu penses et tu parles comme un enfant, mon cher Ammalat, répondit le khan. Tu es habitué à gouverner les Tatars et à leur commander comme à des esclaves, et tu crois qu'il faut agir de la même façon avec les montagnards. La main de la fatalité pèse sur nous ; nous sommes battus et poursuivis ; plus de cent montagnards, tes noukers et les miens sont tombés sous les balles russes. Veux-tu que nous montrions vaincu aux Tchetchènes le visage d'Ackmeth-Khan, qu'ils sont habitués à regarder comme l'étoile de la victoire ; que je paraisse devant eux en proscrit ; que je leur avoue ma propre honte ? Recevoir l'hospitalité d'un mendiant, m'entendre reprocher la mort des époux et des fils attirés par moi dans ce combat, c'est perdre toute leur confiance. Avec le temps, les larmes tariront ; alors Ackmeth-Khan reparaîtra devant eux, prophète de pillage et de sang, et de nouveau je les conduirai au combat sur les frontières russes. Si je passais aujourd'hui devant les Tchetchènes désespérés, ils ne se rappelleraient pas que c'est Allah seul qui donne et reprend la victoire. Ils peuvent m'offenser d'un mot imprudent, et je n'ai jamais pardonné une offense : alors quelque misérable vengeance personnelle peut se mettre en travers du large chemin qu'un jour je m'ouvrirai dans les rangs des Russes. Pourquoi se quereller inutilement avec un peuple brave ? Pourquoi abattre soi-même l'idole de gloire qu'ils sont habitués à regarder avec éblouissement ? Si je descends au rang des hommes ordinaires, chacun viendra mesurer son épaule à la mienne. Et toi-même, toi qui as besoin d'un médecin, tu n'en trouveras jamais un meilleur que chez moi. Demain, nous serons à la maison ; prends courage jusque-là.

Ammalat-Beg porta avec reconnaissance sa main à son cœur et à son front ; il connaissait la valeur des paroles du khan, mais il s'affaiblissait par la perte du sang.

Tout en continuant d'éviter les villages, ils passèrent la nuit dans les rochers, mangeant un peu de riz et de miel, provisions sans lesquelles un montagnard n'entreprend jamais un voyage, si court qu'il soit. Ils traversèrent le Koassou par le pont qui y est jeté près de Sherté. Ils laissèrent derrière eux Ande, Boulins et la crête de Salatahour. Leur chemin passait par des forêts et par des précipices qui épouvantaient leurs yeux et leur esprit. Enfin, ils commencèrent de gravir la crête qui les séparait, au nord, de Khuntsack, la capitale des khans. Pour parvenir au sommet de cette crête, les voyageurs étaient obligés de suivre des lignes diagonales, revenant sans cesse sur leurs pas, mais, à chaque pas, gagnant quelque chose en hauteur. Le cheval du khan, né dans les montagnes et habitué à ces chemins ardus, marchait avec précaution ; mais le jeune et fier coursier d'Ammalat-Beg butait et tombait à chaque pas. Favori de son maître, gâté par lui, il ne pouvait supporter une pareille marche dans la montagne. Sous le soleil, au milieu des neiges, à peine respirait-il, et, avec un effort suprême, ses narines, dilatées, semblaient souffler le feu, tandis que l'écume ruisselait de son mors.

– *Allah bereket !* s'écria Ammalat-Beg en arrivant au point culminant de la montagne, d'où son regard pouvait embrasser toute l'Avarie.

Mais, au même moment, son cheval s'abattit ; le sang s'échappa à flots de la bouche du noble animal et son dernier soupir rompit sa sangle.

Le khan aida Ammalat-Beg à se débarrasser de ses étriers ; mais il vit avec inquiétude que, dans la chute qu'il venait de faire, le mouchoir du jeune homme s'était détaché de sa blessure, et que le sang, que l'on avait eu tant de peine à arrêter, coulait de nouveau.

Mais, cette fois, Ammalat-Beg ne sentait plus la douleur ; il pleurait son cheval mort.

Une goutte suffit à faire déborder le vase plein.

– Tu ne m'emporteras plus comme la plume au vent, mon bon coursier, lui disait-il, ni dans le nuage de poussière d'une course, quand j'entendais les cris de ceux que je laissais derrière moi, ni au milieu des acclamations des guerriers dans la flamme et dans la fumée des combats ! Avec toi, j'avais acquis la gloire du cavalier : pourquoi suis-je condamné à survivre à ma gloire et à toi ?

Il baissa la tête entre ses genoux et se tut, tandis que le khan bandait sa blessure. Enfin, s'apercevant du soin que son compagnon prenait de lui :

– Laisse-moi, Ackmeth-Khan, lui dit-il tout à coup, laisse un malheureux à sa mauvaise fortune. Le voyage est long encore, et je succombe. Restant avec moi, tu périras avec moi inutilement.

Regarde cet aigle qui vole en cercle autour de nous ; il comprend qu'il tiendra bientôt mon cœur entre ses serres, et, Dieu merci ! mieux vaut avoir sa tombe dans la poitrine d'un noble oiseau que d'être foulé aux pieds par les chrétiens. Adieu, pars !

– N'as-tu pas honte, Ammalat, de tomber ainsi en heurtant une paille ? Qu'est-ce que ta blessure ? Qu'est-ce qu'un cheval mort ?... Ta blessure, dans huit jours il n'y paraîtra plus. Ton cheval, nous en trouverons un meilleur. Le malheur vient d'Allah, mais le bonheur vient aussi de lui. C'est un péché de désespérer quand on est jeune. Monte sur mon cheval, je te mènerai par la bride, et, avant la nuit, nous serons à la maison. Viens, chaque minute est précieuse ; viens, le temps est cher.

– Le temps n'existe plus pour moi, Ackmeth-Khan, répondit le jeune homme ; je te remercie de ton amitié fraternelle, mais je n'en abuserai pas. Nous avons encore trop de chemin à faire, et nous ne pourrions marcher si longtemps. Abandonne-moi donc à mon sort. Sur ces hauteurs, qui me rapprochent du ciel, je mourrai libre et content. Mon père est mort ; j'ai épousé une femme que je n'aime pas ; mon oncle et mon beau-père sont aux pieds des Russes. Proscrit de ma maison, fugitif du combat, je ne dois pas et je ne veux pas vivre.

– C'est la fièvre qui parle, et non pas toi, Ammalat ; tes paroles sont du délire. Ne sommes-nous pas destinés à survivre à nos parents ? Quant à ta femme, notre sainte religion ne te donne-t-elle pas le droit d'en prendre trois autres ? Que tu détestes le chamkal, je le comprends ; mais tu dois aimer son héritage, qui te fera, un jour, libre et prince. Or, un mort n'a pas besoin de richesses et de puissance ; un mort ne se venge plus, et tu as, toi, à te venger des Russes. Reviens à toi, ne fût-ce que pour cela. Nous sommes battus ; sommes-nous les premiers qui éprouvent un revers ?... Aujourd'hui, les Russes sont vainqueurs ; demain, c'est nous qui le serons. Allah donne le bonheur, mais c'est l'homme qui fait sa renommée. Tu es blessé et faible ; mais, moi, je suis fort et sans blessure. Tu tombes de fatigue ; mais, moi, je suis frais et aussi dispos que l'homme qui n'a point encore passé le seuil de sa porte et qui vient de chausser ses sandales et de ceindre ses reins. Monte sur mon cheval, Ammalat, et, aussi vrai que cet aigle n'était pas là pour manger ton cœur, puisque le voilà qui s'éloigne et qui disparaît, nous ferons payer cher aux Russes notre défaite d'hier.

Le visage d'Ammalat-Beg se ranima.

– Eh bien, oui, dit-il, tu as raison. Je vivrai pour la vengeance, pour une vengeance sourde ou ouverte, mais sombre, acharnée, mortelle. Crois-moi, Ackmeth-Khan, c'est pour la vengeance que je me rattache à la vie. Dès ce moment, je suis à toi ; par le tombeau de mon père ! je t'appartiens. Guide mes pas, dirige mes coups, et, si jamais j'oublie mon serment, rappelle-moi ce moment, mon cheval mort, ma main sanglante, l'aigle qui volait au-dessus de ma tête. Si je dors, je me réveillerai, et mon poignard sera la foudre.

Khan Ackmeth embrassa le jeune homme, le souleva comme un enfant entre ses bras, et le mit en selle.

– Et maintenant, dit-il, je reconnais en toi le pur sang des émirs, ce sang qui court dans nos veines comme du salpêtre, et qui, lorsqu'il s'enflamme, fait tomber les montagnes... Viens, Ammalat-Beg, et tout ce qui t'a été promis par moi sera tenu par Mahomet.

Et, tout en soutenant le blessé, Khan Ackmeth commença de descendre la montagne. Les pierres roulèrent sous leurs pieds, plus d'une fois le cheval tomba, mais enfin ils arrivèrent sains et saufs jusqu'à la place où recommençait la végétation.

Bientôt après, ils entrèrent dans une forêt qui se composait de plusieurs essences d'arbres. La richesse de cette forêt et la morne tranquillité de l'éternel crépuscule qui régnait sous cette voûte de verdure impénétrable aux rayons du soleil, inspiraient à l'homme le respect pour la sauvage indépendance de la nature.

Tantôt le sentier se perdait entre les arbres, et tantôt s'escarpait sur le bord d'un rocher, dans les profondeurs duquel murmurait et brillait un ruisseau. Les faisans à la gorge de flamme passaient d'un buisson à l'autre. Tout respirait cette vivifiante fraîcheur du soir inconnue aux habitants de la plaine.

Nos voyageurs étaient près d'atteindre le village d'Akhak, qui n'est séparé de Khuntsack que par une petite montagne, lorsqu'ils entendirent un coup de fusil.

Ils s'arrêtèrent avec inquiétude.

Mais, tout à coup :

– Ce sont mes chasseurs, Ackmeth-Khan ; ils ne m'attendent pas à cette heure, et surtout en pareil état. J'apporte à Khuntsack bien des joies et bien des pleurs.

Ackmeth Khan baissa la tête et poussa un soupir. Son front s'assombrit.

Les sentiments doux et amers se succèdent si facilement dans le cœur d'un Asiatique !

Un second coup de fusil se fit entendre, puis un troisième ; puis les coups, sans interruption, succédèrent aux coups.

– Les Russes sont à Khuntsack ! s'écria Ammalat.

Et il tira son sabre, et il serra son cheval entre ses genoux, comme si, d'un seul bond, il voulait franchir la distance qui le séparait d'eux.

Mais l'effort l'épuisa, son sabre échappa à sa main mutilée et tomba à terre.

Lui-même employa ses dernières forces à descendre de cheval.

– Ackmeth-Khan, dit-il, dépêche-toi de courir au secours de tes compatriotes, ta présence leur sera plus utile qu'un secours de cent cavaliers.

Mais Ackmeth-Khan ne l'écoutait pas ; il écoutait le sifflement des balles, comme s'il eût voulu distinguer celles des Russes de celles de ses guerriers.

– D'où sont-ils descendus ? s'écria-t-il ; ont-ils des pieds de chamois ? ont-ils des ailes d'aigles ? Adieu, Ammalat, je vais mourir sur les ruines de mes forteresses.

Mais, en ce moment, une balle tomba à ses pieds.

Il la ramassa, et, souriant :

– Remonte sur mon cheval, Ammalat, lui dit-il tranquillement. Tu sauras bientôt ce que cela signifie ; les balles des Russes sont en plomb et celles-ci sont de cuivre.

Puis, regardant la balle :

– Cette chère compatriote ! dit-il, elle est venue d'où ne peuvent venir les Russes, du sud.

Ils continuèrent de gravir la colline qui les séparait de Khuntsack. Arrivés au sommet, ils dominèrent un véritable champ de bataille, au-delà duquel s'élevait l'aoul de Khuntsack, dominé lui-même par les deux tours du château d'Ackmeth-Khan.

Une centaine d'hommes, divisés en deux partis, embusqués dans des maisons avancées ou retranchés derrière des quartiers de roche, tiraient les uns sur les autres, tandis que les femmes, sans voile, les enfants dans leurs bras, les cheveux épars, couraient entre les combattants, qu'elles excitaient.

Ammalat-Beg regardait ce spectacle avec étonnement et de l'œil interrogeait le khan.

– Que veux-tu ! lui dit celui-ci en haussant les épaules, c'est la coutume chez nous. Dans la plaine, un homme en veut à un autre homme, il lui donne un coup de poignard, et tout est fini ; dans la montagne, la querelle d'un seul est l'affaire de tous. Quelle est la cause de tout ce bruit ? Une bagatelle peut-être, quelque vache volée. Chez nous, il n'est pas honteux de voler, il est honteux de se laisser prendre, voilà tout. Admire la bravoure de ces femmes, Ammalat, dit le khan en s'échauffant et en respirant la poudre de ses narines dilatées : les balles sifflent à leurs oreilles, la mort bat des ailes au-dessus de leurs têtes, et elles s'en moquent. Oh ! ce sont des mères et des femmes de braves, celles-là, et vraiment il serait fâcheux qu'il leur arrivât malheur ! Me voici à temps pour faire cesser ce jeu.

Et, prenant son fusil, il s'avança sur l'extrême crête de la montagne et déchargea son arme en l'air.

À ce coup de fusil, venant d'un côté d'où on ne l'attendait pas, les combattants se retournèrent étonnés.

Alors, de sa main gauche, Ackmeth-Khan abaissa son bachlik.

Il se fit un grand cri des deux côtés. Les combattants l'avaient reconnu.

– Gardez votre poudre et vos balles pour les Russes, habitants de Khuntsack, leur cria-t-il ; pas un coup de fusil de plus. Je jugerai votre différend, et je donnerai raison à celui qui aura raison, tort à celui qui a tort.

Mais il n'y avait pas besoin de l'ordre du khan pour que le combat cessât ; la joie était si grande de le revoir, que tout ressentiment sembla oublié. Hommes et femmes se précipitèrent vers lui en criant :

– Vive Ackmeth-Khan !

– C'est bien, c'est bien, mes enfants ! leur dit le khan Ackmeth. Je descendrai demain sur la place, et je parlerai aux vieillards ; mais je ramène un ami blessé et qui a besoin de prompts secours ; ne me retardez donc pas, car ces secours, il ne les trouvera que chez moi.

Et, en effet, Ammalat-Beg ne voyait plus ce qui se passait qu'à travers un nuage ; il avait abandonné la bride de son cheval pour se retenir à la selle.

En un instant on fit un brancard avec les fusils encore noircis par la poudre et chauds du combat. Amis et ennemis se réunirent pour y étendre leurs bourkas. On y coucha le blessé, et Ackmeth-Khan remonta sur son cheval, comme il convient à un prince qui rentre dans sa forteresse.

On déposa Ammalat-Beg sur les riches tapis du khan. Il était complètement évanoui.

IV

Le blessé ne reprit sa connaissance que le lendemain.

Ses pensées lui revinrent alors, pareilles à des fantômes flottant dans le brouillard.

Il ne se souvenait de rien ; il ne se sentait aucune douleur.

Cette situation lui était plutôt douce que pénible ; c'était un engourdissement qui enlevait à la vie son côté sensible et, par conséquent, amer.

Il eût écouté avec une égale indifférence la voix qui lui eût annoncé la vie ou la mort. Il n'avait ni la force ni le désir de prononcer un mot. Son existence eût dépendu d'un mouvement de son doigt, qu'il n'eût pas pris la peine de remuer le doigt.

Cette situation cependant ne se prolongea point.

À midi, après la visite du médecin, quand tous les serviteurs du khan furent à la prière et que lui-même, comme il l'avait annoncé la veille, fut descendu sur la place, Ammalat-Beg, resté seul, crut entendre sur le tapis de la chambre qui précédait la sienne des pas légers et timides.

Il fit un effort, essaya de se tourner, et sans doute il y réussit, car il lui sembla voir – il était trop faible pour distinguer une vision d'une réalité –, car il lui sembla voir, disons-nous, la portière de sa chambre se soulever, et une jeune fille aux yeux noirs, à la robe de soie jaune serrée par un arkhalouk rouge orné de boutons d'émail, avec de longues tresses tombant sur les épaules, s'approcher tout doucement de son lit, et se pencher sur lui avec un si doux et si tendre empressement pour regarder sa main blessée, qu'Ammalat-Beg, au souffle de sa bouche, au contact de ses vêtements, sentit passer par tout son corps un frisson de flamme ; puis elle versa le contenu d'une fiole dans une petite tasse d'argent, passa son bras sous sa tête, la souleva, et...

Ammalat ne sentit plus rien, ne vit plus rien ; ses paupières pesantes s'étaient refermées ; tous ses sens semblaient s'être fondus dans un seul.

Il écoutait.

Il écoutait, et le frôlement de la robe de la jeune fille lui semblait le battement des ailes d'un ange.

Seulement, cet ange s'envolait...

Tout redevint tranquille, et, lorsque le blessé parvint à rouvrir les yeux, il était seul et il lui était impossible de donner une solidité quelconque à sa pensée. Les fragments de sa raison, flottant comme des nuages dans l'immensité, se perdaient dans les rêves de la fièvre, et, dès qu'il put prononcer une parole, il se dit à lui-même : « C'était un songe. »

Il se trompait.

Celle qu'il croyait une création de son délire était une enfant de seize ans, une fille d'Ackmeth-Khan.

Chez les montagnards, même musulmans, les jeunes filles jouissent d'une liberté infiniment plus grande envers les hommes que les femmes mariées, quoique la loi mahométane prescrive précisément le contraire.

Or, la fille du khan Ackmeth jouissait d'une liberté d'autant plus grande que c'était près d'elle seulement que son père se reposait de ses fatigues ; près d'elle seulement, il se déridait jusqu'au sourire. C'était le salut du coupable, lorsque la jeune princesse assistait au jugement ; la hache déjà levée s'arrêtait en l'air. Tout lui était permis, tout lui était possible. Ackmeth-Khan ne savait rien lui refuser, et le soupçon ne lui était jamais venu que la chaste enfant pût faire quelque chose d'indigne de son devoir et de sa position. D'ailleurs, qui pouvait lui inspirer ces tendres sentiments qui conduisent une jeune fille à une faute ? Jusqu'à présent, son père n'avait jamais reçu un hôte qui fût son égal en naissance ; ou plutôt, son cœur ne s'était jamais inquiété ni du rang ni de l'âge des hôtes qui visitaient son père. Cela tenait, sans doute, à sa jeunesse à peine échappée de l'enfance ; mais, depuis la veille, elle avait senti son cœur battre. En se jetant, la veille, au cou de son père, elle avait vu rouler à ses pieds un beau jeune homme évanoui, presque mort. Son premier sentiment avait été la crainte, et elle avait détourné ses yeux du blessé. Mais, quand son père lui avait raconté de quelle manière Ammalat était devenu son hôte, elle avait commencé de ramener sur le jeune homme un regard conduit par une douce pitié ; puis, quand le médecin avait déclaré que cette faiblesse si effrayante provenait seulement du sang perdu, mais non de la gravité de la blessure, une tendre compassion s'était emparée de la jeune fille. Le médecin ne se trompait-il pas ? La plaie, si large, si effrayante, n'était-elle pas plus dangereuse qu'il ne croyait ? Elle se coucha avec cette crainte ; toute la nuit, dans ses rêves, elle vit le beau jeune homme ensanglanté ; plus d'une fois elle ouvrit tout à coup ses yeux dans l'ombre, croyant entendre sa plainte, et, pour la première fois, le matin, en se levant, la trouva moins fraîche que l'aurore ; pour la première fois, elle employa la ruse pour accomplir un désir. Son père était dans la chambre du blessé, elle choisit ce moment pour dire bonjour à son père. Mais Ammalat avait les yeux fermés, et elle ne put voir ses yeux. À midi, elle revint : Ammalat était seul, mais les yeux éblouis du jeune prince se fermèrent en l'apercevant. Ce fut le désespoir de la pauvre enfant. Il devait avoir de si beaux yeux ! Jamais, dans sa jeunesse, elle n'avait autant convoité une riche parure. Elle eût donné deux diamants de la grosseur de ses yeux pour ces yeux ouverts, qui lui semblaient devoir être bien autrement pleins de flamme que deux diamants.

Enfin, le soir elle revint.

Le soir, pour la première fois, elle rencontra le faible, mais expressif, mais clair regard du malade ; et, quand elle l'eut rencontré, ce regard ne se détacha plus d'elle. Elle comprenait très bien que ces yeux lui disaient : « Ne t'éloigne pas, étoile de mon âme ! Ne vois-tu pas que toi seule m'éclaires, et que, si tu disparais, tout va, pour moi, rentrer dans la nuit ? »

Elle ne pouvait comprendre ce qui s'était passé en elle ; mais il lui était impossible de dire si elle était encore sur la terre ou déjà dans le ciel. Ce qu'elle éprouvait, elle ne l'avait jamais éprouvé : le sang monta si rapidement à son cœur, qu'elle crut qu'elle allait étouffer ; le sang abandonna si rapidement son cœur, qu'il lui sembla qu'elle allait mourir.

Elle avait vu les yeux du blessé, et il s'était trouvé que c'étaient les plus beaux yeux du monde.

Il lui restait à entendre sa voix.

Mais Ammalat-Beg demeurait muet. Tout entier à sa contemplation, il n'avait pas l'idée de parler. Qu'aurait-il dit que ses yeux ne dissent aussi bien que sa voix ?

Les désirs d'une jeune fille naissent les uns des autres. Avec de si beaux yeux, on devait avoir une bien douce voix. Quel malheur de ne pas entendre cette voix !

Puis une idée lui vint : que si le blessé ne parlait point, c'est que sans doute il était trop faible pour parler ; s'il était trop faible pour parler, à coup sûr la blessure était dangereuse, plus dangereuse que ne le disait le médecin.

Certes, elle ne se retirerait pas avec une pareille crainte ; aussi se décida-t-elle à lui adresser la parole la première. Quoi de plus simple ? C'était pour lui demander des nouvelles de sa santé.

Il faudrait être tatar, regarder comme une insulte de dire un mot à une femme, n'avoir rien vu jamais, excepté un voile, à travers ce voile deux sourcils, et, par hasard, les yeux que ces sourcils recouvrent, pour se faire une idée du frisson qui passa dans les veines du blessé quand, déjà brûlé par les yeux, la voix de la jeune fille vint frapper son cœur.

Et cependant les paroles de Sultanetta étaient bien simples.

La jeune fille s'appelait Sultanetta.

– Comment te trouves-tu ? avait-elle demandé.

– Oh ! bien, très bien ! répondit Ammalat-Beg en essayant de se soulever sur son coude ; si bien, que je suis prêt à mourir.

– Qu'Allah te garde ! s'écria la jeune fille effrayée ; tu dois vivre encore longtemps. Est-ce que tu ne regretterais pas la vie ?

– Dans les doux moments, la mort est douce, Sultanetta, et, en supposant que je vive encore cent ans, je n'aurai jamais un moment meilleur que celui-ci.

Sultanetta ne comprit point les paroles de son hôte, mais elle comprit l'expression de son regard, mais elle comprit l'accent de sa voix. Une flamme passa sur son visage, et, en faisant signe au blessé de rester en repos, elle se sauva dans sa chambre.

Parmi les montagnards, il y a certes d'habiles médecins, et surtout pour guérir les blessures. Ils ont, pour fermer les plaies, des recettes inconnues qui semblent de mystérieuses révélations de la nature ; mais le médecin qui agissait le plus efficacement sur Ammalat-Beg, c'était la présence de la charmante Sultanetta. Le soir, il s'endormait avec le doux espoir qu'elle lui apparaîtrait en rêve ; le matin, il s'éveillait avec la certitude de la voir en réalité. Ses forces revinrent rapidement, et, avec ses forces, grandit ce sentiment inconnu qu'il avait éprouvé dès le premier jour où il avait vu la fille d'Ackmeth-Khan, et qui maintenant s'était enraciné dans son cœur de manière à n'en plus sortir.

Ammalat-Beg, nous l'avons dit, était marié ; mais le mariage s'était fait comme se fait un mariage en Orient. Jusqu'au jour de sa noce, il n'avait jamais vu sa promise ; puis, lorsqu'il la vit, il la trouva laide, et tous les sentiments de jeunesse et d'amour qu'il avait dans le cœur y restèrent endormis. À la suite de cela étaient venues des querelles politiques avec son oncle et son beau-père. La tendresse, qui, chez les Orientaux, repose tout entière dans la sensualité, s'était donc éteinte peu à peu ; de sorte que ses yeux, en voyant Sultanetta, n'avaient pas même eu besoin de demander à son cœur le sacrifice des restes d'un ancien amour. Le jeune homme avait été époux, mais son cœur était resté vierge. Ardent par nature, indépendant par habitude, Ammalat-Beg s'abandonna tout entier au sentiment qu'il éprouvait. Être avec Sultanetta était pour lui un bonheur suprême, et attendre son arrivée, l'occupation de tout le temps où elle était absente. Il tremblait au bruit de ses pas ; il frissonnait en reconnaissant sa voix. Chaque note passait dans son âme comme un enchantement et comme une lumière. Ce qu'il éprouvait ressemblait à de la douleur ; mais c'était une douleur si douce, un mal si plein de charme, qu'il sentait qu'il mourrait de l'absence de cette douleur.

Sans doute les deux jeunes gens, ignorant eux-mêmes ce qu'ils éprouvaient, donnèrent-ils à ce sentiment inconnu le nom d'amitié ; mais, laissés en toute liberté, ils étaient sans cesse ensemble. Khan Ackmeth faisait de fréquents voyages en Avarie, et laissait son hôte avec sa fille. Lui seul peut-être s'était aperçu de leur amour ; mais cet amour comblait tous ses vœux. Un premier mariage, comme il l'avait dit à Ammalat, n'est rien pour un musulman, qui a le droit d'épouser quatre femmes. D'ailleurs, il connaissait le peu d'affection qui existait entre les deux jeunes époux. Devenir le beau-père d'Ammalat-Beg, c'est-à-dire l'héritier du chamkal Tarkovsky, d'un homme qui pouvait lui être d'un si grand secours dans sa guerre avec les Russes, c'était plus qu'un désir, c'était une ambition.

Quant aux deux amants, ils ne faisaient aucun calcul, nous dirions presque qu'ils n'avaient aucun désir. Ils vivaient heureux, ne demandant rien de plus, n'ayant aucune idée que ce bonheur pût finir. Les journées passaient sans qu'ils sussent comment, à regarder les montagnes par la fenêtre, les troupeaux à leur sommet, les rivières à leur base. Si Sultanetta travaillait à broder une selle à son père, Ammalat se couchait près d'elle sur les coussins, lui racontait ses aventures de jeune homme, mais le plus souvent, sans dire un mot, restait les yeux fixés sur ses yeux. Il ne pensait pas au passé, il ne songeait plus à l'avenir. Il sentait seulement qu'il était heureux, et, sans éloigner le vase de ses lèvres, il buvait goutte à goutte la plus grande félicité que l'homme puisse éprouver sur la terre : aimer et être aimé.

L'été passa ainsi.

Un matin, un des bergers du khan arriva tout effaré.

Au point du jour, un tigre était sorti de la forêt, s'était approché du troupeau en rampant comme un chat, s'était élancé sur un mouton et l'avait emporté.

Le berger racontait cela dans la cour, et autour de lui les noukers faisaient cercle.

– Eh bien, dit le khan, y a-t-il quelqu'un qui veuille tuer le tigre ? Celui-là peut prendre mon plus beau et mon meilleur fusil, et, s'il tue le tigre, l'arme sera à lui.

Un des noukers du khan, excellent tireur, s'avança, prit le fusil qui lui convenait le mieux parmi tous les fusils du khan, et dit :

– J'irai, moi !

Le khan rentra, raconta l'événement devant Ammalat et Sultanetta ; mais les deux jeunes gens étaient si occupés de leur amour, que ni l'un ni l'autre ne parurent entendre ce qu'avait dit Ackmeth-Khan.

Le lendemain, on attendit vainement le nouker.

Ce fut le petit pâtre qui revint.

L'enfant raconta que, parvenu sur la montagne, vers le soir, le nouker avait reconnu le passage du tigre. Le lendemain, avant le jour, il s'était embusqué sur la route que l'animal avait suivie quand il était sorti du bois pour enlever le mouton.

Mais le tigre n'était pas sorti ; seulement, on avait entendu ses rugissements, à une verste à peu près dans la forêt. Sans doute n'avait-il pas, en un jour, dévoré le mouton tout entier et lui en restait-il assez pour son repas du matin.

Voyant que le tigre ne venait pas, le nouker avait résolu de l'aller chercher. Il était entré dans la forêt. Un quart d'heure après, l'enfant avait entendu un coup de feu, puis un rugissement, puis tout avait fini.

Il avait entendu une heure ; mais, ne voyant pas l'homme sortir du bois, il était venu dire ce qui s'était passé.

Selon toute probabilité, l'homme était mort.

On attendit un jour, deux jours, trois jours, l'homme ne reparut pas.

Le quatrième jour, ce fut le tigre qui reparut et qui enleva un deuxième mouton.

Le petit berger accourut, tout effaré, annoncer cette nouvelle apparition de l'animal féroce.

Cette fois, le hasard fit que Sultanetta arrosait ses fleurs à sa fenêtre, lorsque le pâtre entra dans la cour.

Elle entendit tout ce que raconta l'enfant.

Elle revint près d'Ammalat-Beg et lui dit ce qu'elle venait d'entendre.

Ammalat-Beg n'avait pas entendu un mot de ce qu'avait dit Ackmeth-Khan ; mais les paroles de Sultanetta étaient trop précieuses pour qu'il en perdît une seule.

Ackmeth-Khan entrait, comme Sultanetta achevait son récit.

– Eh bien, demanda-t-il, que dis-tu de cela, Ammalat ?

– Je dis que j'ai toujours eu envie de faire une chasse au tigre, répondit le jeune homme, et que je remercie Allah d'avoir accompli mon désir. J'essaierai mon bonheur contre le tigre.

Sultanetta regarda Ammalat, pâle mais souriante ; elle comprenait, et, tout en frissonnant, elle était fière.

Ackmeth-Khan secoua la tête.

– Le tigre n'est pas un sanglier du Daghestan, Ammalat.

– Qu'on me montre seulement la trace du tigre, et je la suivrai comme si c'était celle d'un sanglier.

– Les traces du tigre mènent souvent à la mort, insista Ackmeth-Khan, qui, commençant à s'inquiéter du sommeil de son jeune ami, le voyait avec joie sortir de sa léthargie.

– Penses-tu, lui dit Ammalat, que sur ce sentier glissant la tête me tournera et qu'où a été ton nouker je ne puis aller ? Si le cœur d'un Avare est ferme comme le granit de ses montagnes, le cœur d'un Daghestan est trempé comme son acier.

Ackmeth-Khan lui tendit la main en souriant.

– Et sur l'acier de ton cœur, frère, le tigre brisera ses dents, en attendant que l'aigle y brise aussi son double bec. Et quand partiras-tu ?

– Deux heures avant le jour.

– C'est bien, dit Ackmeth-Khan, je te chercherai un guide.

– Il est tout trouvé, dit une voix derrière les deux hommes.

Ackmeth-Khan se retourna et reconnut Nephtali.

– Ah ! c'est toi ? dit-il.

– Oui, j'ai entendu raconter qu'un tigre avait mangé un de tes moutons et tué un de tes noukers, et je venais te dire : « Ami de mon père, je veux te prouver que je suis bon à autre chose qu'arrêter tes voyageurs sur le sentier de la montagne pour leur offrir l'hospitalité. Je viens tuer le tigre. »

– Soit, dit Ammalat ; mais tu viens trop tard.

– Pourquoi cela ? dit le jeune Tchetchène. Nous serons deux au voyage et deux au combat. Le fils de mon père est digne de marcher aux côtés d'un prince, ce prince fût-il le neveu du chamkal Tarkovsky. Demande plutôt au khan Ackmeth.

– Je n'ai besoin de personne pour accomplir mon entreprise, dit fièrement le jeune homme.

– Tu n'as besoin de personne, dit Ackmeth, nul n'en doute ; mais tu n'as pas le droit de refuser le compagnon qui s'offre volontairement à partager un danger avec toi. Mon avis est que tu dois accepter ce que t'offre Nephtali. Faites serment, comme deux braves abrecks, et qu'Allah veille sur vous !

Ammalat tourna les yeux vers Sultanetta. La jeune fille le regardait les mains jointes. Elle savait Nephtali un des hardis et des habiles chasseurs de la montagne, et elle n'était point fâchée de voir à Ammalat un compagnon du courage duquel elle était sûre.

– Soit ! dit Ammalat.

Et il tendit la main au jeune homme.

L'usage des Avares et des Tchetchènes, quand deux hommes s'engagent à courir un même danger ensemble, est qu'ils jurent sur le Coran de ne point s'abandonner l'un l'autre.

Si l'un des deux manque à son serment, on le précipite du haut d'un rocher, le dos tourné à l'abîme, comme il convient à un poltron et à un traître.

Les deux jeunes gens descendirent à la mosquée, et firent le serment des abrecks. Le mollah bénit leurs armes, et ils prirent le chemin de la montagne, au milieu des cris de la foule.

– Tous les deux, ou ni l'un ni l'autre, leur cria le khan Ackmeth.

– Nous rapporterons la peau du tigre, ou nous mourrons, répondirent les deux chasseurs.

Ammalat-Beg n'avait pas dit adieu à Sultanetta ; mais, sur la plus haute tour du palais du khan, la jeune fille se tenait, son mouchoir à la main.

Et elle agita son mouchoir jusqu'à ce que les deux jeunes gens eussent disparu dans la montagne.

Inutile de dire qu'Ammalat-Beg marchait en arrière, et fut le dernier qui perdit de vue le village.

V

La journée du lendemain se passa.

On n'espérait pas avoir grande nouvelle des chasseurs pendant les premières vingt-quatre heures.

Le jour du surlendemain se leva, la nuit vint.

Le soir, les vieillards étaient fatigués d'avoir regardé sur le chemin.

Ils n'avaient rien vu.

Il n'y avait peut-être pas un foyer dans tout Khuntsack autour duquel on ne parlât de l'entreprise des deux abrecks ; mais, de tous les cœurs, certainement le cœur le plus triste et le plus inquiet était celui de Sultanetta.

Si un cri se faisait entendre dans la cour, si un bruit retentissait sur l'escalier, son sang commençait à battre follement dans ses artères, la respiration lui manquait ; elle courait à la fenêtre, elle s'enquérait à la porte, et, trompée pour la vingtième fois, la tête inclinée, les yeux vagues, elle reprenait son travail, qui, pour la première fois, lui semblait horriblement triste. Toutes ses questions, sans que sa bouche prononçât le nom d'Ammalat, avaient rapport à Ammalat. Elle demandait à son père et à ses frères quelles blessures faisait le tigre ; à quelle distance on l'avait vu ; combien de temps il fallait pour aller, du lieu où on l'avait vu, au village ; et, après chaque question, elle secouait tristement la tête et se disait à elle-même : « Ils sont perdus ! »

Le troisième jour prouva que ce n'était pas vainement que l'on s'était inquiété.

Vers les deux heures de l'après-midi, un jeune homme pâle, les habits déchirés, couvert de sang caillé, affaibli par la fatigue et la faim, atteignit les premières maisons de l'aoul.

C'était Nephtali. On l'entoura avec curiosité, on l'interrogea avidement.

Voici ce qu'il raconta :

– Le jour même où nous quittâmes Khuntsack, nous reconnûmes les traces de l'animal ; mais il était tard, la nuit tombait ; nous pouvions perdre la piste, nous égarer, nous livrer à lui sans défense. Nous remîmes l'attaque au lendemain.

» Nous avions, à cent pas de nous, une caverne que je connaissais ; nous y entrâmes. Une pierre en boucha l'entrée, et nous nous endormîmes tranquillement sur nos bourkas.

» Le lendemain, au point du jour, nous nous éveillâmes ; un rugissement, que nous avions entendu dans la montagne, nous avait dit qu'il était temps de nous lever.

» Nous examinâmes les amorces de nos fusils ; nous passâmes la baguette dans les canons, nous nous assurâmes que nos kandjars jouaient bien dans leur fourreau, et nous nous mîmes en chemin.

» Au fur et à mesure que nous entrions dans la forêt, le chemin se rétrécissait et les traces devenaient plus visibles.

» Des flaques de sang, des os brisés, des lambeaux de chair, nous disaient clairement : C'est ici le passage du tigre.

» Sur la route, nous trouvâmes intactes les deux mains d'un homme : c'étaient sans doute celle du nouker du khan Ackmeth.

» On sait que les animaux féroces, qui dévorent le corps tout entier, n'osent pas toucher aux mains, qui sont le signe de la royauté de l'homme sur la nature.

» Nous n'avancions que pas à pas et avec précaution ; il était évident que nous approchions du repaire du tigre.

» Tout à coup, nous arrivâmes à une clairière blanche d'ossements. Au milieu, le tigre était couché et, repu, comme un jeune chat qui joue avec une boule de bois, il jouait, lui, avec une tête.

» Une ambition me prit, et je m'en accuse : c'était de tuer le tigre seul, sans m'inquiéter de savoir où était mon compagnon ; j'ajustai le tigre et je le tirai.

» Où le touchai-je ? Je n'en sais rien. Mais, au milieu de la fumée, avant qu'elle fût dissipée, je vis passer un éclair fauve, et en même temps il me sembla que le Chat-Elbrouz s'abattait sur ma tête.

» Je ne vis plus rien, je n'entendis plus rien, si ce n'est un cri et un coup de feu.

» J'étais évanoui.

» Combien de temps restai-je sans connaissance ? Je n'en sais rien. Quand je rouvris les yeux, il me sembla, à la fraîcheur de l'air et à la position du soleil, que le soleil était levé depuis une heure ou deux.

» Tout était tranquille autour de moi.

» Je tenais mon fusil à la main.

» Le fusil d'Ammalat, brisé en deux morceaux, était à dix pas de l'endroit où j'étais tombé.

» Les pierres étaient couverte de sang ; mais de quel sang ? Était-ce le sang du tigre ou celui d'Ammalat ?

» Tout autour de moi, les buissons étaient arrachés avec leurs racines.

» Il était visible que là avait eu lieu une lutte terrible, acharnée, mortelle.

» Et cependant, je ne retrouvai ni le cadavre de l'homme, ni celui de l'animal.

» J'appelai Ammalat de toutes mes forces ; mais personne ne répondit.

» Je voulus suivre la trace du tigre, retrouver Ammalat vivant ou mourir sur son corps ; mais j'étais si faible, qu'au bout de cent pas j'étais forcé de m'asseoir.

» Tout à coup, j'eus un espoir : c'est qu'il avait tué le tigre, et que, me croyant mort, il était revenu à Khuntsack.

» Je rassemblai toutes mes forces, je repris le chemin de l'aoul. Vous ne l'avez pas vu ?

» Frères, j'arrive comme un serpent écrasé, vous avez ma tête entre vos mains. J'ai abandonné mon kounack dans le danger : faites de moi ce que bon vous semblera.

» Quel que soit le jugement porté par vous, je ne me plaindrai pas. Si vous pensez que j'ai mérité la mort, je mourrai avec résignation.

» Si vous me laissez la vie, je vivrai en vous bénissant.

» Allah est témoin que j'ai fait tout ce qu'un homme pouvait faire... »

Un murmure s'éleva parmi les auditeurs.

Les uns excusaient Nephtali, les autres l'accusaient, tous le plaignaient.

L'avis le plus répandu était que Nephtali avait fui, abandonnant Ammalat ; qu'il avait inventé toute l'histoire qu'il venait de raconter ; que, par conséquent, il avait trahi son kounack.

Il n'avait que de légères blessures ; le choc du tigre avait-il suffi pour produire un si long et si profond évanouissement ?

Puis d'autres soupçons commençaient à se faire jour.

Nephtali avait été presque élevé chez le khan Ackmeth, qui était, comme on le sait, kounack de son père.

Il avait cessé de venir au village de Khuntsack, disait-on, parce qu'il était amoureux de la belle Sultanetta, et qu'il n'était pas de naissance, quoique tous les montagnards soient égaux, à épouser la fille du khan.

On parlait, dans l'aoul, d'une union probable entre Ammalat et Sultanetta.

Par jalousie, Nephtali n'aurait-il pas laissé mourir Ammalat-Beg, ou même ne l'aurait-il pas tué ?

Quand une mauvaise pensée entre dans la tête de l'homme, c'est comme lorsqu'une mauvaise semence tombe sur la terre ; elle pousse plus vite et plus vigoureusement que l'autre, prend toute la place, l'étouffe et finit par demeurer seule.

Mais un cri domina tous les cris, une décision l'emporta sur toutes les autres.

– Emmenons-le chez Ackmeth-Khan ; Ackmeth-Khan décidera.

Et, avec un grand bruit, toute la foule se dirigea vers le château.

Sultanetta entendit les clameurs, elle courut à la fenêtre, elle vit la foule : au milieu de la foule, elle chercha vainement Ammalat-Beg.

Mais elle reconnut Nephtali, – Nephtali seul !

Elle aussi, pauvre enfant, qui n'avait jamais pensé mal de son prochain, une mauvaise pensée lui traversa l'esprit.

Elle courut au perron, au moment où, de son côté, son père y arrivait et où Nephtali, conduit par le peuple, entrait dans la cour.

Il s'inclina devant le khan.

– Parle, lui dit Ackmeth.

Nephtali reproduisit le même récit, sans y changer une parole.

Sultanetta avait écouté, roide, froide, immobile, muette comme une statue.

– Lâche ! se contenta de lui dire Ackmeth-Khan. Par bonheur, tu n'es pas un Avare, mais un Tchetchène.

– Par les os de mon père dont tu m'as annoncé la mort, khan Ackmeth, j'ai dit la vérité, répliqua Nephtali ; maintenant, ordonne de moi ce que tu voudras.

– Tu as fait serment, dit khan Ackmeth, de revenir avec ton compagnon ou avec la peau du tigre. Tu t'es dévoué toi-même à la mort, si tu ne tenais pas ton serment. Tu ne l'as pas tenu, tu dois mourir.

– Quand cela ? demanda Nephtali.

– Je te donne trois jours, pendant lesquels des recherches seront faites. Si, pendant ces trois jours, on ne trouve point Ammalat ou quelque preuve de ton innocence, tu mourras. – Vous entendez tous, dit Ackmeth-Khan à la foule, je lui accorde trois jours. Que pendant ces trois jours nul ne le raille, nul ne l'insulte, nul ne touche à un seul de ses cheveux ; seulement, s'il essaie de fuir, que l'on tire sur lui comme sur un chien. – Fils de Mohammed-Ali, j'ai prononcé sur toi comme eût prononcé ton père.

Puis, à ses noukers :

– Emmenez-le, ajouta-t-il, vous m'en répondez sur votre tête.

Alors, enfonçant son papak sur ses yeux :

– Viens, dit-il à Sultanetta, entrons. Si nous ne retrouvons pas Ammalat vivant, il sera vengé, du moins.

On conduisit Nephtali à la prison de la forteresse.

Le même jour, trente montagnards partirent armés comme pour un combat : ils allaient à la recherche d'Ammalat-Beg.

C'était un point d'honneur pour Ackmeth-Khan, s'il ne trouvait pas Ammalat vivant, de recueillir au moins ses os et de leur donner la sépulture.

Souvent les Avares se jettent au milieu de la plus ardente mêlée pour reprendre des mains des Russes leur ami ou leur chef tué, et tombent alors sur son cadavre, préférant mourir avec lui plutôt que de l'abandonner.

Sultanetta avait quitté le bras de son père et était rentrée dans sa chambre. En apparence, elle paraissait tranquille, elle ne se plaignait pas, elle ne pleurait pas.

Seulement, sa mère lui parlait et elle ne répondait point. Les étincelles de la chibouque de son père brûlaient sa robe, elle n'y faisait pas attention. Le vent de la montagne soufflait, et elle s'y exposait tête nue.

Les sentiments les plus opposés luttaient dans son cœur et le brisaient. Mais ce cœur était loin des regards : pas un muscle de son visage ne trahissait les souffrances de son cœur.

La fierté de la fille du khan luttait avec l'amour de Sultanetta, et il eût été impossible de dire qui, de la fierté ou de l'amour, succomberait.

Elle passa ainsi le reste de la journée.

La nuit, demeurée seule, elle put pleurer tout à son aise.

Elle ouvrit la fenêtre, s'y accouda, et resta les yeux fixés sur la montagne.

Il lui semblait qu'à chaque instant elle devait entendre quelque bruit qui lui annonçât le retour d'Ammalat, son nom prononcé dans la nuit par sa voix bien-aimée, quelque chose comme un chant de joie ou un cri de douleur.

Elle n'entendit rien que le vagissement plaintif des chacals, ces esclaves du tigre et du lion, que les sultans de la montagne et du désert chargent de leur détourner leur proie, et le bruit lointain et incessant de la cascade qui se précipite du sommet du Gaudour-d'Ach.

Ce bruit lui rappela une promenade qu'elle avait faite souvent avec Ammalat-Beg.

C'était aux ruines d'un couvent chrétien – les Avares sont mahométans depuis moins de deux siècles – c'était aux ruines d'un couvent chrétien, situé à deux verstes à l'occident de Khuntsack. La main du temps avait respecté l'église, et les hommes, chose rare, n'avaient pas été plus destructeurs que le temps. Elle était restée entière au milieu des débris des autres bâtiments ; seulement, le lierre était entré par les fenêtres brisées et avait étendu à l'intérieur son manteau d'un vert sombre ; seulement, les arbres avaient poussé dans les intervalles des pierres, qu'ils allaient disjoignant de plus en plus ; seulement, une mousse, fine comme le plus fin tapis, s'était déroulée sur les dalles, et sa fraîcheur, entretenue par une source qui s'était fait jour à travers la muraille et qui coulait limpide comme du cristal liquide dans toute la longueur de la chapelle, en faisait, pour les jours brûlants de l'été, une délicieuse retraite.

Bien souvent Sultanetta était venue avec Ammalat, accompagnée de Sakina, sa suivante, s'asseoir sous la fraîche coupole et rêver au murmure du petit ruisseau où, parfois, se désaltérait quelque chèvre des montagnes, qui, effrayée, s'enfuyait en bondissant à la vue des deux jeunes gens.

– Demain, dit-elle, j'irai sans toi à la chapelle où, si souvent, j'ai été avec toi, mon cher Ammalat-Beg.

Et, fatiguée du cri des chacals qui lui semblait de mauvais augure, la jeune fille referma la fenêtre et alla se jeter sur son lit.

Le matin, elle appela Sakina, et lui dit :

– Allons nous promener sur les bords de l'Ourens.

Tout le long du chemin, Sultanetta pensait, avec une douce tristesse, à cet endroit charmant, si doux, si frais, si tranquille.

En y arrivant, il lui sembla que ce serait une profanation que de ne pas y entrer seule avec ses souvenirs.

Elle envoya Sakina cueillir des mûres sauvages, en lui disant de venir la retrouver près du ruisseau, puis elle dépassa le seuil moussu de la chapelle.

Le crépuscule de l'église, le chant des hirondelles, qui, au printemps, y avaient fait leurs nids, le murmure du ruisseau, tout fit fondre en larmes la pierre qui pesait sur son cœur. Elle se coucha sur la rive de la source et, comme à travers un nuage, elle regarda tomber ses pleurs dans l'eau.

Tout à coup, elle entendit le bruit d'un pas trop ferme pour être celui de Sakina. Elle releva la tête, et jeta un cri de terreur.

Devant elle était un homme couvert de boue et de sang. Une peau de tigre, dont la tête encadrait son visage, tombait des épaules jusqu'à terre.

Le premier cri de Sultanetta avait été un cri de terreur ; le second fut un cri de joie.

À travers la poussière, la boue, le sang dont il était souillé, sous cette peau de tigre, elle avait reconnu Ammalat-Beg.

Alors, oubliant tout au monde, elle se dressa sur ses pieds, et, rapide, bondissante, pleine de joie et d'amour, elle se jeta dans ses bras.

Ammalat, à son tour, poussa un cri : sa bouche, comme une abeille, s'appuya sur les lèvres de rose de la jeune fille. Ils s'étaient compris sans se parler.

Cette fois, et hors de lui-même, le jeune homme s'écria :

– Mais tu m'aimes donc, Sultanetta ?

Confuse de sa hardiesse, toute rougissante du baiser de son amant, la jeune fille recula ses lèvres des lèvres d'Ammalat-Beg et le repoussa doucement.

Alors, avec terreur, et prêt à la laisser échapper de ses bras :

– Est-ce que tu ne m'aimes pas ? demanda Ammalat-Beg.

– Qu'Allah me garde ! dit l'innocente jeune fille en baissant la paupière, mais non les yeux. Aimer ! quel mot terrible as-tu dit là ?

– C'est le mot le plus doux de la création, Sultanetta ! Le soleil, c'est l'amour ! le printemps, c'est l'amour ! les fleurs, c'est l'amour !

– Ammalat, dit la jeune fille, il y a un an qu'une femme poussant des cris affreux, sortant sans voile et toute sanglante de sa maison, vint rouler à mes pieds au milieu de la poussière de la rue. Un homme la suivait, un poignard à la main. Je me sauvai au château ; mais il me sembla que cette femme m'y poursuivait. Longtemps je fus réveillée, la nuit, en croyant entendre ses cris, et alors, dans les ténèbres, je la revoyais ensanglantée et se débattant sur la terre. Quand j'ai demandé pourquoi on avait tué cette malheureuse, et quel crime elle avait commis pour que son meurtrier ne fût pas puni, on me répondit : « Elle aimait un jeune homme... »

– Oh ! ce n'est pas parce qu'elle aimait, qu'on l'a tuée, chère enfant.

– Pourquoi donc, alors ?

– C'est parce qu'elle avait trahi celui qu'elle aimait.

– Trahi ! que veux dire ce mot ? Je ne le comprends pas, Ammalat.

– Dieu veuille que tu ne le comprennes jamais !

Puis, réunissant toutes les tendresses de son cœur pour les faire passer dans l'intonation de sa voix :

– Tu m'aimes, n'est-ce pas, Sultanetta ? continua-t-il.

– Je le crois, dit la jeune fille.

– Eh bien, crois-tu que tu puisses jamais éprouver pour un autre le même sentiment que tu éprouves pour moi ?

– Jamais ! s'écria vivement Sultanetta.

– C'est qu'alors, vois-tu, ce serait me trahir...

Sultanetta regarda Ammalat-Beg avec ces yeux des femmes de l'Orient, auxquels les poètes ont trouvé que l'œil seul de la gazelle pouvait être comparé.

– Oh ! dit-elle, si tu savais, Ammalat, ce que j'ai souffert depuis quatre jours que je ne te vois pas ! Je ne savais pas ce que c'est que l'absence. Quand mon père ou mes frères me quittent, je pleure en leur disant adieu. Moi, je t'ai dit adieu sans pleurer, c'est vrai ; mais j'ai bien pleuré depuis, va ! Écoute, Ammalat, continua la jeune fille ; il y a une chose dont je me suis aperçue et que je veux te dire : c'est que, sans toi, je ne pourrais pas vivre.

– Et moi, dit le jeune homme, non seulement je ne pourrais pas vivre sans toi, mais encore je suis prêt à mourir pour toi, ma bien-aimée, à te sacrifier non seulement ma vie, mais mon âme.

Un bruit de pas se fit entendre : c'était Sakina qui revenait avec des mûres sauvages plein les mains.

Elle jeta un cri d'effroi en apercevant le jeune homme ; puis, l'ayant reconnu :

– Oh ! prince, s'écria-t-elle, vous n'êtes donc pas mort ?

Ces mots rappelèrent à Sultanetta qu'elle n'était pas seule à être inquiète d'Ammalat, que son père attendait des nouvelles avec impatience et qu'il y avait un pauvre prisonnier dont la vie dépendait du retour d'Ammalat.

En revenant, le jeune beg raconta à Sultanetta ce qui s'était passé entre lui et le tigre.

Sur toute la première partie de l'événement, Nephtali avait dit l'exacte vérité.

Voici ce qui était arrivé ensuite :

Au moment même où Nephtali avait été renversé par le tigre, Ammalat-Beg avait lâché un coup de fusil.

Le coup de fusil d'Ammalat-Beg avait brisé la mâchoire inférieure de l'animal.

Le tigre abandonna à l'instant même Nephtali et s'élança sur Ammalat, qui l'attendait le pistolet à la main, et qui, tout en se jetant de côté, lâcha le coup à bout portant.

La balle du pistolet avait pénétré dans l'œil, et, de l'œil, dans le cerveau.

Vaincu par la douleur, l'animal commença de bondir et de se rouler à terre. Il semblait aveugle et fou.

Ammalat jeta son pistolet, prit son fusil par le canon, s'approcha du tigre, et lui en asséna un coup terrible sur la tête.

Le fusil vola en morceaux.

L'animal sembla s'avouer vaincu et commença de fuir. Une de ses pattes de devant avait été cassée par la balle de Nephtali, il avait la mâchoire pendante et un œil hors de l'orbite.

Mais, si mutilé qu'il fût, sa course était plus rapide que celle d'Ammalat-Beg.

Ammalat-Beg se mit à le suivre tout en rechargeant son pistolet. De temps en temps, il trouvait des places où l'animal s'était arrêté et s'était débattu. À ces places, la terre, profondément trempée de sang, était déchirée, les herbes étaient arrachées, les buissons en lambeaux.

De temps en temps aussi, il revoyait l'animal se traînant avec peine, rampant plutôt qu'il ne marchait. Alors, il hâtait le pas lui-même ; mais, au moment où il se sentait poursuivi, le tigre faisait un effort et gagnait sur le chasseur.

Cette poursuite dura toute la journée sans repos ni trêve.

La nuit vint ; Ammalat-Beg fut obligé de s'arrêter pendant la nuit, il eût perdu les traces de l'animal.

Il avait jeté derrière lui sa bourka, son papak, sa tchouska, tout ce qui pouvait le gêner dans sa course : il n'avait plus, pour vêtement, que sa beckmette et son pantalon ; pour armes, que son kandjar et son pistolet.

Le matin, il se réveilla glacé et mourant de faim.

Dès que le jour le permit, il se remit sur les traces du tigre.

Il ne tarda pas à le revoir.

Mais, cette fois, désespérant d'échapper par la fuite, le tigre, non seulement l'attendit, mais encore vint au-devant de lui en rampant.

L'animal féroce ne pouvait plus se tenir debout, il ne pouvait plus s'élancer : avec son sang il avait perdu ses forces.

Ammalat-Beg lui épargna la moitié du chemin.

À dix pas de lui, il s'arrêta.

Un des yeux du tigre était crevé, l'autre brillait comme un charbon ardent. Ammalat-Beg, qui, avec un pistolet, ne manquait pas un rouble en l'air, lui mit, comme avec la main, la balle de son pistolet dans l'autre œil.

L'animal fit un bond, retomba sur le dos, allongea ses trois pattes terribles dans une suprême agonie – la quatrième était cassée –, se roidit, poussa un rugissement et expira.

Ammalat-Beg se précipita sur lui ; c'était l'homme, qui, affamé cette fois, semblait vouloir dévorer le tigre.

Il lui ouvrit l'artère du cou avec son poignard, et suça le sang qui en sortait.

Puis il ouvrit la poitrine, et mangea un morceau de son cœur tout chaud. – Les Arabes de l'Algérie, lorsqu'ils tuent un lion, font manger son cœur tout sanglant à leurs fils, pour les rendre plus braves ; les Grecs aussi mangent les cœurs des aigles. – Puis, avec son kandjar, il dépouilla l'animal et jeta sa peau sur ses épaules.

Alors seulement, il regarda autour de lui : la matinée était pluvieuse, un épais brouillard commençait à se répandre sur la montagne ; on ne voyait pas à dix pas devant soi.

Il s'accroupit sur un rocher et attendit.

La journée s'écoula, la nuit vint ; il entendait le bruit du vol des aigles qui regagnaient leurs aires au milieu des nuages.

Avec son pistolet, de la poudre et des feuilles sèches, il fit du feu.

Un morceau de cœur du tigre, grillé sur du charbon, fut son souper.

Puis, mettant le poil de l'animal en dedans, il se roula dans sa peau et s'endormit.

Il fut réveillé par les premiers rayons du soleil ; il savait que Khuntsack était à l'orient, il marcha vers l'orient.

Arrivé hors du bois, il aperçut Khuntsack blanchissant sur ses rochers.

Il avait soif : le tigre n'avait plus de sang où il pût se désaltérer. Ammalat-Beg se rappela cette source pure qui coulait dans la chapelle.

Il descendit par le chemin le plus rapide, au milieu des rochers et des précipices, se retenant aux touffes d'herbe, aux racines des arbres, aux saillies des pierres.

Enfin il arriva à la vallée.

Il courut aussitôt vers la chapelle, rapide comme un daim altéré.

Mais, en entrant, il vit une femme, entendit un cri, reconnut Sultanetta.

Il oublia tout, faim, soif, fatigue ; tout, excepté son amour.

– Reconnaissance et gloire à Dieu !

Comme Ammalat-Beg prononçait ces derniers mots de son récit, il arrivait, avec la jeune fille et sa suivante, aux premières maisons de Khuntsack.

Un cri poussé par ceux qui les aperçurent courut par tout l'aoul, rapide comme une traînée de poudre.

Tous les habitants de Khuntsack se précipitèrent hors des maisons, faisant cortège aux deux jeunes gens.

Les cris « Ammalat-Beg ! Ammalat-Beg ! » firent tressaillir Ackmeth-Khan au fond de son harem.

Il arriva au haut du perron de son château au moment où les

deux jeunes gens en montaient les premières marches.

En dépit des efforts qu'il faisait pour rester grave et calme, comme doit être tout bon musulman en face de la douleur ou de la joie, il tendit ses bras à Ammalat-Beg.

Comme si elle eût eu quelque chose à se faire pardonner, Sultanetta s'élança en même temps que son amant sur la poitrine de son père, qui les enveloppa tous deux dans une même étreinte, les accueillit tous les deux du même baiser.

– Mon père, dit Sultanetta, nous avons été injustes envers Nephtali ; tout s'est passé comme il l'avait dit.

Le khan donna l'ordre de mettre le captif en liberté.

Puis il fit tuer un bœuf et dix moutons, afin que le retour d'Ammalat fût une fête dans tout l'aoul.

Seulement, lorsque Ammalat eut raconté à Ackmeth-Khan ce qu'il avait déjà raconté à Sultanetta, il fit entrer Nephtali.

– Nephtali, lui dit-il, toute justice t'est rendue. Si tu veux entrer chez moi, tu seras le chef de mes noukers.

– Merci, khan Ackmeth, répondit le jeune homme ; je suis un Tchetchène et non un Avare. J'étais venu pour tuer le tigre qui avait mangé tes moutons ; le tigre est mort, je n'ai plus rien à faire ici. Adieu, khan Ackmeth.

Il s'approcha d'Ammalat-Beg et lui tendit sa main.

– Adieu, kounack, dit-il ; à la vie, à la mort !

Puis, en passant devant Sultanetta :

– Brille éternellement, étoile du matin ! dit-il en s'inclinant.

Et il sortit de la même démarche qu'un roi sortant de la salle du trône.

Ackmeth-Khan attendit que la porte fût refermée.

– Et maintenant, Ammalat-Beg, dit-il, sois doublement le bienvenu. Après la chasse du tigre, celle du lion. Demain, nous marchons contre les Russes.

– Allah ! dit Sultanetta avec tristesse, encore des expéditions ! encore des morts ! Quand donc le sang cessera-t-il de couler dans la montagne ?

– Lorsque les rivières des montagnes descendront en lait dans les vallées, lorsque la canne à sucre poussera au sommet de l'Elbrouz, dit en souriant Ackmeth-Khan.

VI

Qu'il est beau, le bruyant Terek dans la caverne du Darial ! Là, comme un génie empruntant ses forces aux cieux, il lutte contre la nature. Dans certains endroits, éclatant et rigide comme un glaive qui perce une muraille de granit, il brille entre les rochers ; dans d'autres, sombre et écumeux, il heurte, renversant dans sa course d'énormes pierres qu'il entraîne avec lui. Par les nuits obscures, quand le cavalier attardé passe sur la rampe escarpée qui le domine, en s'enveloppant de sa bourka, toutes les horreurs que peut créer l'imagination la plus fantastique ne seront jamais comparables à la réalité qui l'entoure. Les torrents, grossis par les pluies, roulent sous ses pieds avec un bruit sourd, tombent sur les cimes des rochers qui pendent au-dessus de sa tête, et menacent à chaque instant de l'écraser. Tout à coup, un éclair fend la nue, et avec effroi le voyageur voit seulement le nuage obscur qui l'enveloppe, et, au-dessous de lui, un effroyable précipice. Partout des rochers ; devant lui, derrière lui, à côté de lui, et bondissant de rochers en rochers, le Terek furibond et roulant une écume de feu. Pendant un instant, ses flots, rapides et troublés comme les esprits de l'enfer, tourbillonnent au fond des précipices avec un horrible fracas, et semblent, dans l'abîme, une foule de spectres chassés par le glaive d'un archange. De grandes pierres suivent le cours du fleuve avec un craquement funèbre, et voilà que, ébloui de nouveau par l'éclatant serpent de feu, il se retrouve tout à coup plongé dans l'océan de la nuit ; puis gronde à son tour le tonnerre, ébranlant le rocher avec le bruit que ferait une cascade de montagnes roulant les unes sur les autres. C'est l'écho de la terre qui répond à l'artillerie du ciel, et de nouveau l'éclair, et de nouveau la nuit, puis la foudre, puis encore une fois le heurtement de tout un troupeau de montagnes. Et, comme si toute la chaîne du Caucase, depuis Taman jusqu'à l'Apchéron, secouait ses épaules de granit, une pluie de pierres roule, se précipite, rebondit. Votre cheval, effrayé, s'arrête, recule, plie sur ses jarrets, se cabre. Sa crinière, éparse au vent, vous fouette le visage ; un esprit passe dans l'air, plaintif comme l'âme des morts. Vous frissonnez, la sueur mouille votre front ; votre cœur se fait petit, et, malgré vous, vient à vos lèvres la prière que vous apprit votre mère lorsque vous étiez enfant.

Et cependant, avec quel charme et quelle douceur, le matin, au front rose, au pied bleuâtre, visite la caverne dans laquelle hurle le Terek ! Les nuages, chassés par le vent, montent de la surface de la terre et s'accrochent aux angles des glaçons ; au-dessus d'eux, une bande de lumière dessine la silhouette des montagnes orientales ; les rochers brillent, argentés par les gouttes de pluie, et le Terek, toujours sombre, toujours furieux, toujours écumant, roule sur les pierres, comme s'il cherchait un large lit à qui demander le repos.

Cependant il y a une chose qui manque au Caucase : ce sont des fleuves ou des lacs où puissent se mirer les géants de la création. Le Terek, se tordant au fond des abîmes, semble un ruisseau et tout au plus un torrent ; mais, sous Vladikavkas, en entrant dans la vallée, il chasse les pierres apportées par lui des montagnes, et coule largement et avec liberté, toujours aussi rapide, mais moins bruyant, comme s'il se reposait et reprenait haleine, fatigué de son pénible travail. Enfin, après avoir franchi le cap de la petite Kabardah, il se tourne vers l'orient, comme un musulman pieux, et, en inondant les deux rives toujours en guerre l'une contre l'autre, il se précipite à travers les steppes pour aller se jeter, derrière Kislar, dans la mer Caspienne.

Mais, avant d'en arriver à ce long repos, il a déjà payé son tribut, et, comme un rude travailleur, il a fait mouvoir les énormes roues des moulins. Sur sa rive droite, entre les bois et les montagnes, sont dispersés les Aoubs et les Kabardiens, que nous confondons, en leur donnant le nom général de Tcherkesses, avec les Tchetchènes, placés plus bas qu'eux et plus près de la mer. Ces Aoubs sont soumis, mais seulement en apparence ; en réalité, ce sont des troupes de bandits, qui profitent à la fois de leur amitié avec les Russes et du produit des brigandages montagnards ; ayant leur entrée libre en tous lieux, ils préviennent leurs compatriotes du mouvement des soldats, du chiffre des garnisons, de l'état des forteresses ; ils les cachent dans leurs demeures lorsqu'ils vont en expédition, partagent ou achètent le butin quand ils en reviennent, leur fournissent le sel et la poudre russes, et souvent assistent en personne à leurs expéditions. Le pis de tout cela est que les montagnards ennemis, ayant le même costume que ceux qui ont fait leur soumission, passent le Terek sans obstacle, s'approchent des voyageurs sans être reconnus, attaquent, s'ils sont les plus forts, et, s'ils sont les plus faibles, passent en saluant, la main sur le cœur.

Ainsi font les soumis.

Et, quant à ces derniers, il faut le dire, leur position vis-à-vis de leurs terribles voisins les pousse presque involontairement à cette duplicité. Sachant que, arrêtés par l'obstacle que leur présente le fleuve, les Russes n'auront pas le temps de les venir défendre contre la montagne, ils sont forcés de prêter la main à leurs compatriotes ; mais, en même temps, ils feignent d'être amis des Russes, devant lesquels ils tremblent. Chacun d'eux est disposé, le matin, à se faire le kounack d'un Russe et, le soir, le guide d'un montagnard.

Quant à la rive gauche du Terek, elle est couverte de riches stanitzas appartenant aux Cosaques de la ligne. Entre ces stanitzas s'élèvent de simples villages. Les Cosaques, au reste, ne diffèrent des montagnards que par leur tête non rasée ; mais, en dehors de cela, les armes, les habits, les allures sont les mêmes. C'est une belle chose que de les voir en venir aux mains avec les montagnards. Ce n'est pas, à proprement dire, un combat ; c'est un tournoi où chacun veut montrer la supériorité de la force et du courage. Deux Cosaques chargeront bravement sur quatre cavaliers, et, à nombre égal, ils seront toujours vainqueurs. Tous parlent tatar, tous sont en connaissance avec les montagnards, quelquefois même parents, à cause des femmes qu'ils enlèvent chez eux ; mais, aux champs, ils sont ennemis mortels. Quoiqu'il soit sévèrement défendu aux Cosaques de traverser le Terek, les plus braves cependant passent le fleuve en nageant, soit pour leur plaisir, soit pour leurs affaires. À leur tour, la nuit arrivée, les montagnards en font autant, se couchent dans l'herbe, ramant à travers les buissons, et se dressent tout à coup sur le chemin du voyageur, qu'ils emmènent en captivité et mettent à rançon s'il ne se défend pas, et qu'ils tuent s'il se défend.

Il arrive même que les plus entreprenants passent deux ou trois jours dans les vignes près des villages, en attendant l'occasion de faire un coup. C'est pour cela que le Cosaque de la ligne ne quitte jamais sa maison sans armes, ne fait jamais un pas sans son fidèle poignard, n'ira jamais au champ sans son fusil. Il laboure, sème, cultive et fauche son terrain, toujours armé. Voilà pourquoi les montagnards évitent les stanitzas et se jettent d'habitude sur les simples villages, ou font hardiment des pointes dans l'intérieur des provinces.

En ce cas, le combat est inévitable, et les plus braves cavaliers s'empressent d'y prendre part pour se faire un nom, qu'ils mettent au-dessus de tout, même du butin.

Pendant l'automne de 1819, époque à laquelle se passent les événements que nous racontons, Kabardiens et Tchetchènes, animés par l'absence du général Scrinokoff, s'étaient réunis au nombre de quinze cents hommes pour dévaster quelques villages situés au-delà du Terek, faire des prisonniers, enlever des troupeaux.

Leur chef était le prince kabardien Djemboulat.

Ammalat-Beg, arrivé chez ce dernier avec une lettre d'Ackmeth-Khan, avait été le très bien reçu, et on l'eût fait chef d'une division, s'il y eût eu quelque ordre et quelques troupes régulières parmi ces bandes. Le cheval et la bravoure individuelle désignent à chacun sa place dans le combat. D'abord, on s'inquiète de la façon dont on entamera l'affaire et dont on occupera l'ennemi ; mais ensuite il n'y a plus ni ordre ni soumission, et le combat se termine au hasard.

Après avoir averti les princes, ses voisins, qui devaient avec lui prendre part à l'expédition, Djemboulat indiqua le lieu de réunion, et, à un signal donné, on entendit dans tous les aouls les cris : *Guaray ! guaray !* c'est-à-dire « Aux armes ! aux armes ! » et en quelques heures arrivèrent de tous côtés les cavaliers kabardiens et tchetchènes.

Craignant la trahison, personne, excepté le chef, ne savait où l'on passerait la nuit, ni où l'on traverserait la rivière. Se divisant en petites bandes, les montagnards gagnèrent les aouls soumis et y attendirent l'obscurité. Les soumis reçurent leurs compatriotes avec toutes sortes de démonstrations de joie ; mais le défiant Djemboulat ne s'abandonna point à cette apparente fidélité. Il mit des sentinelles partout, annonçant aux habitants que quiconque, sous quelque prétexte que ce fût, essaierait de dépasser la ligne, serait sabré sans miséricorde. La plupart des cavaliers logèrent dans les maisons de leurs parents et de leurs amis ; mais Djemboulat et Ammalat-Beg restèrent aux champs, couchés devant le feu, pendant tout le temps nécessaire pour reposer leurs chevaux.

Djemboulat pensait aux Russes et au combat qu'il allait livrer ; mais Ammalat-Beg était bien loin du champ de bataille : sa pensée prenait les ailes de l'aigle et s'envolait au-dessus des montagnes de l'Avarie, et son cœur, forcé de rester loin de celle qu'il aimait, était brisé par le chagrin. Le son de la *balalaïka* des montagnes, accompagné d'un chant monotone, fit diversion à sa tristesse ; il écouta malgré lui.

Un Kabardien chantait cette vieille chanson :

Au sommet du Kasbek neigeux,
Bien loin des blés, bien loin des aigles,
Vois les nuages orageux
Monter, semblables à des aigles.

Quels sont, au milieu des brouillards,
Ces cavaliers tout blancs de givre ?
Allah ! ce sont nos montagnards,
Poursuivis, au lieu de poursuivre.

Les Russes sont sur leurs talons.
Amis, plus haut ! amis, plus vite !
Du roc montant les échelons,
La Mort est à votre poursuite.

Elle est encore loin de vous,
La forteresse au vert feuillage
Qui doit vous soustraire à ses coups.
Plus haut ! plus vite ! Amis, courage !

Le sort a trahi la valeur ;
À vos coursiers manque l'haleine,
Rien ne peut vous sauver. Malheur !
Les monts sont vaincus par la plaine.

Mais soudain un pieux mollah
Tombe à genoux, et sa prière

Monte éclatante auprès d'Allah,
À travers la mer de lumière.

Vers les fuyards, Allah permet
Que la forêt, sûre retraite,
Marche à l'ordre de Mahomet.
Louange à Dieu ! Gloire au Prophète !

– Oui, autrefois c'était ainsi, dit Djemboulat avec un sourire : nos pères croyaient à la prière, et Dieu les écoutait ; mais maintenant, ami, le meilleur refuge, c'est notre bravoure ; la plus sûre prière, c'est notre schaska. Écoute, Ammalat, continua-t-il en lissant ses moustaches, je ne te cache pas que l'affaire sera chaude. Le colonel a rassemblé sa division. Mais où est-il ? Combien a-t-il d'hommes ? Voilà ce que je ne sais pas, voilà ce que nul de nous ne sait.

– Tant mieux ! dit Ammalat avec tranquillité, plus il y aura de Russes, plus il sera facile de tirer dessus.

– Oui, mais plus le butin sera difficile à enlever.

– Peu m'importe le butin, à moi qui veux la vengeance et qui cherche la gloire !

– La gloire est bonne lorsqu'elle pond des œufs d'or, Ammalat. Il est honteux de se montrer les mains vides aux yeux de sa femme. L'hiver est proche ; il faut, pour régaler les amis, faire ses provisions aux dépens des Russes. Choisis ta place d'avance, Ammalat : marche à l'avant-garde, ou reste près de moi avec les abrecks.

– Je serai là où sera le danger ; mais quel est le serment de ces abrecks ?

– Chacun a le sien : voici celui des plus braves. Ils jurent de s'exposer pendant un temps plus ou moins long à tous les périls ; de ne point faire grâce à leurs ennemis ; de ne pardonner aucune offense, pas même à un ami, pas même à un frère ; de prendre tout ce qui leur conviendra, partout où la chose qui leur conviendra s'offrira à leurs yeux. Ce serment fait, l'homme qui l'a fait peut tuer, piller, voler, sans être puni. Il accomplit un serment. Ce sont de mauvais amis que les abrecks de cette espèce, mais ce sont de bons ennemis.

– Et, demanda Ammalat-Beg, homme de la plaine à qui la plupart des coutumes montagnardes étaient inconnues, qui peut conduire des cavaliers à faire de pareils serments ?

– Les uns les font par excès de bravoure, les autres par excès de pauvreté, enfin d'autres parce qu'ils sont en proie à des chagrins quelconques. Tiens, par exemple, regarde ce Kabardien qui frotte son fusil rouillé par le brouillard du soir ; eh bien, il s'est fait abreck pour cinq ans, parce que sa maîtresse est morte de la petite vérole. Pendant ces cinq ans, mieux vaut avoir un tigre pour ami que lui pour compagnon. Il a déjà été blessé trois fois, et chaque blessure l'excite au lieu de le calmer.

– Singulier usage ! Et comment un abreck revient-il dans sa famille après une pareille vie ?

– C'est tout simple ; le passé est passé. L'abreck l'oublie, et les voisins n'ont garde de s'en souvenir. Débarrassé de son serment, il devient doux comme un agneau. Mais il fait tout à fait sombre ; le Terek se couvre de brouillard : il est temps.

Djemboulat fit entendre un coup de sifflet, et son sifflement fut à l'instant même répété par toute la ligne du camp. En moins de cinq minutes, tout le monde fut à cheval. Après s'être consultée sur le point le plus avantageux pour passer le Terek, la petite troupe descendit doucement vers la rive du fleuve. Ammalat-Beg admira la tranquillité, non pas même des cavaliers, mais des chevaux. Pas un ne hennit pendant le chemin. Chacun d'eux semblait, en posant le pied, craindre de faire rouler des pierres et de donner l'éveil à l'ennemi. Bientôt ils furent au bord du fleuve. L'eau était basse ; un cap s'allongeait, moitié sable, moitié pierres, vers la rive opposée. Toute la troupe, en employant le double de temps, eût pu passer là presque à pied sec ; mais la moitié des cavaliers remonta le fleuve pour le traverser à la nage et cacher aux Cosaques le principal trajet. Ceux qui étaient sûrs de leurs chevaux sautaient tout droit du bord du fleuve dans l'eau. Les autres attachaient à leurs chevaux des outres de cuir : la rapidité du courant les emportait, mais ils finissaient par gagner la rive et montaient où ils pouvaient. Un brouillard épais semblait étendu pour cacher tous leurs mouvements.

Il faut, avant tout, que le lecteur sache que, sur toute la ligne du

Terek – sur la rive gauche du fleuve – existe une ligne appelée *ligne sentinelle*. Sur chaque monticule est un poste de Cosaques. Lorsque vous passez pendant le jour, vous voyez, sur chaque point élevé, une longue perche avec un tonneau à son extrémité. Ce tonneau est plein de paille et prêt à s'allumer au premier cri d'alarme. À cette perche est constamment attaché un cheval tout sellé, et près de lui, couchée sur la terre, la sentinelle.

La nuit, les factionnaires se doublent.

Mais, méprisant toutes ces précautions, enveloppés de leur bourka, dans l'obscurité, au milieu du brouillard, les montagnards passent à travers les sentinelles comme l'eau à travers le crible.

Cette fois encore, cela se fit ainsi. Des montagnards soumis, et connaissant à merveille les postes cosaques, se mirent à la tête de chaque bande et lui firent traverser la ligne.

Sur un point seulement le sang coula.

Ce fut Djemboulat lui-même qui dirigea le coup.

Arrivé sur l'autre rive du Terek, il ordonna à Ammalat-Beg de gravir la berge, de s'approcher le plus près possible du piquet, de compter combien il y avait d'hommes, et, autant qu'il y aurait d'hommes, de frapper le briquet contre la pierre.

Ammalat-Beg fit un détour et disparut dans la nuit.

Pendant ce temps, Djemboulat rampait comme un serpent sur la pente du monticule.

Le Cosaque sommeillait. Il lui sembla entendre un faible bruit du côté du bord de l'eau, et il regarda avec inquiétude vers la rivière.

Djemboulat n'était plus qu'à trois pas de lui : il se coucha à plat ventre derrière un buisson.

– Maudits canards ! murmura le Cosaque, qui était venu des bords du Don sur ceux du Terek, la nuit même, ils sont en gaieté ; ils volent et s'ébattent dans l'eau comme les fées de Kiev.

En ce moment, Ammalat-Beg, de son côté, était arrivé à un point d'où il dominait le tertre.

Il y avait deux Cosaques : l'un dormait couché dans sa bourka, l'autre était censé veiller.

Ammalat-Beg frappa deux fois du briquet contre la pierre.

Le bruit et les étincelles attirèrent l'attention du Cosaque.

– Oh ! oh ! dit-il, qu'est-ce que cela ? Des loups peut-être : leurs mâchoires claquent et leurs yeux brillent.

Et il se tourna pour mieux voir.

En ce moment, il crut reconnaître la forme d'un homme dans les ténèbres.

Il ouvrit la bouche pour crier : « Aux armes ! » mais le cri s'arrêta sur ses lèvres, le kandjar de Djemboulat s'était plongé jusqu'à la garde dans sa poitrine.

Il tomba sans pousser une plainte.

L'autre Cosaque ne s'éveilla même pas, et passa, sans s'en douter, du sommeil à la mort.

La perche fut arrachée et jetée, avec le tonneau, dans le fleuve.

Ce fut une trouée par laquelle le plus gros de la troupe passa et se jeta sur la campagne.

L'invasion fut complète et réussit entièrement. Tous les paysans qui tentèrent de résister furent tués à l'instant même. Les autres se cachèrent ou s'enfuirent. On fit grand nombre de prisonniers et de prisonnières.

Les Kabardiens s'introduisaient dans les maisons, prenaient tout ce qu'ils trouvaient, emportant tout ce qui était transportable, mais ne brûlant pas les villages, ne dévastant pas les champs, ne ruinant pas les vignes.

– Pourquoi toucher aux dons de Dieu et au travail de l'homme ? disaient-ils. Faire ainsi, c'est faire œuvre de brigands et non de nobles montagnards.

En une heure, tout fut fini pour les habitants dans un rayon de trois lieues.

Mais tout n'était pas fini pour les pillards.

Le cri *aux armes* avait retenti sur toute la ligne : un berger avait donné l'alarme.

Il avait été tué, mais trop tard.

Un grand cercle avait été formé autour des chevaux libres répandus dans la steppe, et ceux qui le formaient avaient réuni tout le troupeau.

En tête du troupeau se plaça un cavalier tchetchène sur un excellent cheval qu'il lança au galop.

Tous les chevaux hennirent, relevèrent la queue, secouèrent leur crinière au vent et partirent à la suite du Tchetchène. Celui-ci dirigea toute la bande vers le Terek, passa entre deux postes et sauta dans le fleuve avec son cheval.

Tous les autres chevaux sautèrent derrière lui.

On les vit passer comme des ombres, on entendit le bruit qu'ils firent en sautant à l'eau, mais voilà tout !

VII

Au lever du soleil, le brouillard se dissipa et découvrit un magnifique mais terrible tableau.

Une immense bande de cavaliers revenait vers la montagne, traînant derrière soi des prisonniers, les uns attachés aux étriers, les autres à la selle, les autres aux queues des chevaux.

Tous avaient les mains liées.

Les pleurs et les gémissements du désespoir se mêlaient aux cris de triomphe.

Alourdis par le butin, retardés par la marche des troupeaux de bœufs, les ravisseurs s'avançaient lentement vers le Terek. Les princes, les nobles et les meilleurs cavaliers galopaient gaiement à la tête et sur les flancs du cortège.

Mais au loin et de tous côtés commencèrent à apparaître les Cosaques de la ligne, s'abritant derrière les arbres, se cachant derrière les buissons.

Les Tchetchènes s'écartèrent en tirailleurs, et le combat commença.

De tous côtés brillaient et pétillaient les coups de fusil.

L'avant-garde se hâta, chassant les troupeaux devant elle, et les poussant à la nage dans le fleuve.

Mais, sur les derrières, on vit alors s'élever des flots de poussière.

C'était l'orage.

Six cents montagnards, ayant à leur tête Djemboulat et Ammalat-Beg, arrêtèrent leurs chevaux et firent face pour donner le temps aux leurs de traverser la rivière.

Sans ordre et avec de grands cris, ils s'élancèrent à la rencontre des Cosaques ; mais pas un fusil ne fut déplacé de derrière le dos ; pas un sabre ne brilla aux mains des cavaliers.

Les Tchetchènes ont l'habitude de ne se servir de leurs armes qu'au dernier moment.

À vingt pas seulement des Cosaques, ils mirent le fusil à l'épaule et firent feu, puis ils rejetèrent leur fusil derrière le dos et tirèrent les schaskas.

Mais, tout en leur répondant par une vive fusillade, les Cosaques tournèrent bride et s'enfuirent.

Entraînés par l'ardeur du combat, les montagnards se mirent à leur poursuite. Les fuyards les entraînèrent vers un bois.

Dans ce bois étaient embusqués les chasseurs du 43e régiment.

Ils se formèrent en carré, abaissèrent leurs baïonnettes, et firent feu sur les Tchetchènes.

En vain ceux-ci sautèrent à bas de leurs chevaux, et voulurent pénétrer dans la forêt pour tomber sur les derrières et les flancs des Russes.

L'artillerie se mit de la partie et fit entendre sa grosse voix.

Kotzarev, la terreur des Tchetchènes, l'homme dont la bravoure était la plus populaire parmi eux, commandait les troupes russes.

Dès lors, il n'y avait plus à douter du succès.

Trois salves successives d'artillerie dissipèrent les montagnards, qui reprirent leur course vers le fleuve.

Mais, sur le bord du Terek, enfilant le fleuve dans toute sa largeur, était masquée une autre batterie de canons.

Elle commença son feu.

La mitraille portait dans les masses.

À chaque coup, plusieurs chevaux, frappés à mort, tournoyaient dans le fleuve, entraînant et noyant leurs cavaliers.

Alors ce fut affreux de voir les prisonniers, liés à ces chevaux, ne pouvant fuir, exposés comme leurs ravisseurs au feu des Russes.

Amis, ennemis, le vieux Terek, rouge de sang, recevait tout dans ses froides ondes, roulant les corps des hommes et des animaux, et, morts et vivants, entraînant le tout vers la mer.

Restés les derniers, protégeant la retraite, luttant comme des lions contre les chasseurs, Djemboulat et Ammalat-Beg, avec une centaine de cavaliers, protègent le passage, chargent sur les fantassins russes qui s'avancent trop près, fondent sur les Cosaques de la ligne, reviennent à leurs compagnons, les encouragent de la voix et du geste, et, enfin, les derniers se jettent dans le Terek et le traversent à leur tour.

Arrivés à la rive opposée, ils sautent à bas de leurs chevaux, et, le fusil à la main, s'apprêtent à disputer le passage aux Russes, qui, pressés sur le bord, faisaient mine de franchir le fleuve à leur tour.

Mais, pendant ce temps, à deux verstes au-dessous de l'endroit où se livrait le combat, un corps considérable de Cosaques avait passé le Terek et s'était étendu entre le fleuve et la montagne.

Leurs cris seuls, qui retentirent joyeux et triomphants derrière les Tchetchènes, révélèrent leur présence.

La perte des montagnards était inévitable.

Ammalat-Beg jeta un regard autour de lui et jugea la situation.

– Eh bien, Djemboulat, dit-il, tout est fini, et notre sort est décidé. Fais ce que tu voudras de ton côté ; quant à moi, les Russes ne m'auront pas vivant : mieux vaut mourir d'une balle que d'une corde !

– Et moi, dit Djemboulat, penses-tu que mes mains soient faites aux chaînes ? Qu'Allah me garde ! Les Russes peuvent prendre mon corps ; mon âme, jamais !

Alors, remontant à cheval et se dressant sur ses étriers :

– Frères, cria-t-il, le bonheur nous fuit ; mais l'acier nous reste. Vendons cher notre vie aux giaours. Le vainqueur n'est pas celui qui a le champ de bataille, c'est celui qui a la gloire, et la gloire est à celui qui préfère la mort à la captivité.

– Mourons, mourons ! crièrent en chœur tous les montagnards.

– Et que nos bons chevaux meurent avec nous, et après leur mort, nous servent de rempart, dit Djemboulat.

Et, sautant à bas de son cheval, il tira son poignard, et, le premier, le lui enfonça dans la gorge.

Chaque montagnard en fit autant en jetant aux Russes un cri de défi.

Un vaste cercle de chevaux morts entoura les Tchetchènes.

Alors chacun se coucha derrière son cheval, le fusil prêt à faire feu.

Les Cosaques, voyant quelle terrible défense s'apprêtaient à faire les montagnards, s'arrêtèrent, hésitant s'ils devaient attaquer des hommes au désespoir.

Alors, au milieu du silence, s'éleva une voix : c'était celle d'un Tchetchène, chantant son chant de mort.

La voix était ferme, vibrante, pleine d'éclat ; de sorte que les Russes purent entendre ce chant, depuis le premier jusqu'au dernier mot.

Gloire à nous ! honte aux ennemis !
Plutôt être morts que soumis.

Le chœur répéta :

Gloire à nous ! honte aux ennemis !
Plutôt être morts que soumis.

Puis la voix isolée reprit :

Pleurez, belles, dans la montagne
Et gardez notre souvenir.
Car, en pensant à sa compagne,
Chaque montagnard va mourir.
Cette fois, le sommeil du brave
N'est pas celui qui vient, suave,
Au son des instruments joyeux.
Non, c'est le lourd sommeil de pierre,
Qui pèse sur notre paupière,
Quand la tempête gronde aux cieux !

Mais, non, ne pleurez pas, les belles,

Car vos sœurs, les vertes houris,
Vont, les yeux brillants d'étincelles,
Descendre sur leurs blanches ailes,
Pour nous conduire en paradis.

Ne regarde plus sur la route,
Éteins le feu, couche-toi, dors,
Ma mère ; en vain ton cœur écoute,
Ma mère, on n'attend pas les morts.
Aux voisines de la vallée,
Ne va pas, à tort consolée,
Dire : « Mon fils viendra demain. »
Ton fils est mort sur la colline,
Son cœur brisé dans la poitrine,
Son sabre brisé dans la main.

CHŒUR

Gloire à nous ! honte aux ennemis !
Plutôt être morts que soumis.

LA VOIX

Ne verse pas de larmes vaines,
Ô ma mère ! je meurs vengé.
Ton lait, en coulant dans mes veines,
En sang de lion s'est changé.
Jamais ton fils, dans la mêlée,
N'a de la crainte échevelée
Écouté le lâche conseil.

Il tombe, les mains sans entraves ;
Et c'est sur la terre des braves,
Qu'il dort de son dernier sommeil

Pure elle est, mais bientôt tarie,
L'eau qui vient des monts au printemps ;
Brillante elle est pour la prairie,
L'aurore à la robe fleurie ;
Mais elle dure peu d'instants.
Frères, faisons notre prière,
Car nous passons à notre tour,
Taris comme l'eau printanière,
Éteints comme l'aube du jour.

Mais nous aurons, dans notre rage,
Passé du moins comme l'orage,
Qui rougit le ciel en passant ;
Et qui, sur les fleurs ou le sable,
Laisse une trace ineffaçable
De feu, de fumée et de sang.

CHŒUR

Gloire à nous ! honte aux ennemis !
Plutôt être morts que soumis.

Frappés de la grandeur du tableau qu'ils avaient devant les yeux, les Cosaques et les chasseurs écoutèrent avec respect ce chant de mort de douze cents braves.

Enfin, le signal fut donné : un terrible hourra retentit dans les rangs des Russes.

Les Tchetchènes répondirent par un silence de mort.

Mais, au moment où les Russes n'étaient plus qu'à vingt pas d'eux, ils se levèrent : chacun ajusta son homme, et au mot *Feu !* prononcé par Djemboulat et Ammalat-Beg, une ceinture de flammes enveloppa les assiégés.

Puis, brisant son fusil, chacun poussa son cri de guerre en tirant de la main droite la schaska, de la gauche le kandjar.

Trois fois les Russes abordèrent la sanglante fortification, trois fois ils furent repoussés.

Une quatrième fois, ils se réunirent pour un suprême effort ; pendant dix minutes encore, on vit comme un immense serpent se tordant en cercle, sabres et kandjars simulant les écailles et jetant des éclairs.

Enfin, le gigantesque reptile fut rompu en deux ou trois tronçons. La mêlée devint terrible. La lutte s'établit corps à corps. Une pluie de sang jaillit au milieu des imprécations et des hurlements de mort.

Les abrecks, pour ne pas se diviser dans le combat, s'étaient liés les uns aux autres avec leurs ceintures. Nul ne demandant merci, aucun ne fit quartier.

Tout tomba sous les baïonnettes russes.

Un petit groupe était resté debout et résistait encore.

Au milieu de ce groupe, comme deux Titans, luttaient Djemboulat et Ammalat-Beg.

Un instant, les Russes reculèrent devant cette défense désespérée et firent un vide.

– En avant ! cria Djemboulat en se faisant assaillant pour la dernière fois. En avant, Ammalat-Beg ! La mort, c'est la liberté.

Mais Ammalat-Beg ne pouvait plus entendre le suprême appel du chef tchetchène. Un coup de crosse sur la tête l'avait étendu évanoui sur la terre, couverte de morts, trempée de sang.

Deuxième partie

I

Le colonel Verkovsky à sa fiancée Marie N..., à Smolensk.

Derbend, 7 octobre 1819.

Deux mois !... c'est un temps bien court dans les circonstances ordinaires de la vie ; mais, pour moi, les deux mois qui viennent de s'écouler, ma bien-aimée Marie, sont deux siècles. Il y a donc deux siècles, et non deux mois, que j'ai reçu ta chère lettre.

Depuis ce temps-là, la lune a fait deux fois le tour de la terre.

J'ai un passé que je me rappelle avec bonheur ; j'ai un avenir dans lequel je plonge avec espoir ; mais, loin de toi, sans nouvelles de toi, je n'ai pas de présent. Le Cosaque qui revient de la poste apparaît : il tient une lettre à la main. Je saute dessus, je reconnais ton écriture, je brise le cachet, je baise les lignes écrites par ta main adorée ; je dévore les pensées dictées par ton cœur pur ; je suis heureux, je suis hors de la terre, je suis au ciel ! Mais à peine ai-je refermé la lettre, que les pensées inquiètes sont déjà dans mon esprit. Tout cela est bien, sans doute, mais tout cela a été, tout cela n'est peut-être plus. Se porte-t-elle bien, celle pour qui je donnerais ma vie ? m'aime-t-elle autant aujourd'hui qu'hier ? Viendra-t-il jamais, ce temps heureux où nous serons réunis pour ne plus nous quitter ; où il n'y aura plus pour nous ni séparation ni distance ; où les expressions de notre amour ne se refroidiront plus en passant du cœur sur le papier ? Ou, avant que ce temps vienne, hélas ! les lettres elles-mêmes ne se refroidiront-elles pas ? Le foyer qui brûle dans mon cœur n'ira-t-il pas s'éteignant peu à peu ?... Pardonne-moi toutes ces terreurs, mon amour ; ce sont les fruits qui poussent sur la terre de l'absence. Mon cœur près de ton cœur, je croirai à tout ; loin de toi, au contraire, je doute de tout. Tu m'ordonnes de te faire assister à ma vie, de te dire ce que je fais, ce qui se passe autour de moi, dans ce petit tourbillon dont je suis le centre ; à quoi je pense, de quoi je m'occupe et cela jour par jour, minute par minute. C'est me faire repasser par toutes les angoisses que je viens de te peindre, méchante créature, qui veux que non seulement je sois malheureux, mais que j'analyse mon malheur, que je creuse ma souffrance !

Mais enfin, tu le veux, j'obéis.

Ma vie, c'est la trace d'une chaîne sur le sable. Mon service, en me fatiguant, s'il ne me distrait pas, m'aide du moins à passer le temps. Je suis jeté dans un affreux climat auquel ne résiste aucune santé, au milieu d'une société qui étouffe mon âme. Je ne trouve plus, parmi mes compagnons, le seul qui eût pu me comprendre, et, parmi les Asiatiques, personne qui puisse partager mes sentiments. Tout ce qui m'entoure est si sauvage, que je me déchire à tout ce que je heurte ; si étroit, qu'il me semble respirer l'air d'un cachot. On tirera plutôt du feu de la glace que l'on ne tirera une étincelle de plaisir de ce maudit pays.

Je t'envoie la description en détail de ma semaine dernière. C'est la plus intéressante et la plus mouvementée de toutes celles que j'aie encore passées dans la ville aux portes de fer.

Je me rappelle t'avoir écrit que nous étions de retour, avec le général gouverneur du Caucase, d'une expédition sur Akoucha. Nous avons réussi haut la main : Schah-Ali-Khan s'est enfui en Perse. Nous avons brûlé une douzaine de villages, le foin, le blé ; nous avons dépouillé, embroché et fait rôtir les moutons ennemis. Enfin, lorsque la neige a forcé les habitants de descendre du haut de leurs rochers, ils se sont rendus, ont donné des otages ; après quoi, nous sommes rentrés dans la forteresse Bournaïa. Là, notre division devait se séparer pour la saison d'hiver, et mon régiment est rentré dans ses quartiers, à Derbend.

Le lendemain, le général devait prendre congé de nous pour entamer une seconde expédition sur la ligne. Il en est résulté un grand concours de peuple qui désirait faire ses adieux à son chef bien-aimé. Alexis-Petrovitch sortit de sa tente et vint à nous. Qui ne connaît son visage, sinon en réalité, du moins en peinture ? Je ne sais pas s'il en existe un pareil au monde, un second ayant autant d'expression que le sien.

Un poète a dit de lui :

Fuis, Tchetchène ! Celui dont la bouche
Ne menaça jamais en vain
S'est réveillé, sombre et farouche,
En disant : « Nous partons demain ! »
Le plomb qui siffle dans la plaine,
C'est le souffle de son haleine.
Sa parole prompte et hautaine,
C'est le tonnerre des combats.
Autour de son front qui médite,
Le sort des royaumes s'agite,
Et le trépas se précipite
Vers le but où s'étend son bras.

Et le poète n'a rien dit de trop.

Il faut voir son sang-froid dans le combat ; il faut voir son aisance un jour de réception ! Tantôt il sème sur les Asiatiques les flots de sa parole fleurie, imagée comme une poésie persane ; tantôt il les trouble, les déconcerte, les écrase d'un mot. Ils ont beau, ces démons de ruse, essayer de cacher leurs peines les plus secrètes au fond de leur cœur, son œil les y poursuit, et huit jours, un mois, un an à l'avance, il leur dira ce qu'ils ont l'intention de faire. Il est amusant de voir comme rougissent et pâlissent les hommes à conscience véreuse, lorsqu'il les torture de son long et pénétrant regard, et comme, avec ce même regard, il distingue le mérite partout où il se trouve, le récompense d'un sourire, comme, d'un mot qui va droit au cœur, il récompense le courage et le dévouement.

Que Dieu donne à tout brave soldat la gloire et le bonheur de servir sous un pareil chef !

Il est curieux de le voir dans ses relations avec ceux qui sont de service chez lui. C'est une étude pour l'observateur. Tout homme distingué par son courage, son esprit, un talent quelconque, a son entrée libre, ses coudées franches dans sa maison. Là, plus de rang, plus d'étiquette. Chacun doit dire ce qui lui vient à l'esprit, faire ce qui lui plaît. Alexis-Petrovich cause et rit avec chacun comme avec un ami, enseigne et instruit chacun comme un frère.

Nous étions donc au camp. C'était mardi dernier, pendant le thé. Il s'était fait lire par son aide de camp la campagne de Napoléon en Italie, ce poème de l'art militaire, comme il l'appelle. Autour de lui, on s'étonnait, on jugeait, on discutait. Le grand capitaine qui, après Annibal et Charlemagne, avait traversé les Alpes, eût été satisfait des remarques et même des critiques de celui qui lui avait si longtemps disputé la grande redoute de Borodino. Le thé pris, la lecture faite, on passa à la gymnastique, on courut, on sauta par-dessus des cordes et des fossés ; on essaya enfin sa force de toutes les manières ; la société était splendide, la vue magnifique. Le camp était près de Tarky. La forteresse Bournaïa le dominait. Derrière la forteresse se couchait le soleil. Sous le rocher était la maison du chamkal, puis, sur la pente la plus escarpée, la ville. Enfin, à l'orient, l'immense steppe, et au-delà de la steppe, le tapis bleu de la mer Caspienne. Les begs tatars, les princes tchetchènes, les Cosaques de toutes les rivières de la Russie, les otages de toutes les montagnes, les officiers de tous les régiments, formaient un coup d'œil des plus curieux et des plus pittoresques ; les uniformes, les tchokas, les cottes de mailles étaient confondus. Les chanteurs, les danseurs et la musique faisaient des groupes à part, et les soldats prenaient leur part de la fête à quelque cent pas au-dessous, le shako coquettement incliné sur l'oreille.

La conversation était tombée sur la trempe des différents poignards du Caucase. Chacun vantait le sien, qui était du meilleur armurier. Le capitaine Betovitch, qui avait une lame achetée dans le village d'Andrev et montée à Kouba, prétendit qu'il percerait trois roubles posés les uns sur les autres.

On tint le pari ; on posa les trois roubles sur un billot, et tout gaucher qu'il est, Betovitch perça les trois roubles.

En ce moment, un buffle effaré se jeta au milieu des musiciens, et, à la grande joie de tous les assistants, les mit en désordre. Chacun s'écartait de lui, l'évitait d'un saut de côté, et, tout en l'évitant, l'excitait par ses cris.

L'animal furieux se dirigea vers le groupe où était le général Yermoloff. Les officiers tirèrent, ceux-ci leur sabre, ceux-là leur poignard, et se placèrent devant le lieutenant-gouverneur ; mais lui, les écartant tous, tira sa schaska et se plaça sur la route de l'animal.

Le buffle jugea, sans doute, qu'il avait rencontré un adversaire convenable, et fondit sur lui.

Avec la légèreté d'un jeune homme, le général évita l'animal ; mais, pendant le mouvement même qu'il fit pour l'éviter, son bras se leva ; on vit briller quelque chose comme un éclair, et, tandis que la tête du buffle, détachée des épaules d'un seul coup, tombait aux pieds du général, et restait enfoncée dans la terre par ses cornes, le corps faisait encore trois ou quatre pas dans la même direction, emporté qu'il était par sa course, et tombait en jetant des flots de sang.

Ce fut, par tous les spectateurs, un immense cri d'étonnement et surtout d'admiration.

Tous les officiers se groupèrent autour du général, tout en examinant, ceux-ci la tête, ceux-là le corps de l'animal.

– Votre Excellence a là un rude sabre, dit le capitaine Betovitch.

– Digne d'aller avec votre poignard, capitaine, répondit le général.

Et il lui présenta son sabre.

Le capitaine hésitait à l'accepter.

– Prenez, prenez, lui dit Yermoloff ; il est à vous.

Et il lui donna, comme il lui eût donné un sabre ordinaire, cette schaska dont la lame seule lui avait coûté trois ou quatre cents roubles, et dont le fourreau valait autant au moins, rien qu'au poids de l'argent.

On parlait encore de ce prodigieux tour de force, lorsqu'on annonça au général gouverneur un officier des Cosaques de la ligne, venant de la part du colonel Kotzarev.

L'officier lui fut amené et lui présenta un rapport.

– Vous permettez, messieurs ? dit le général comme s'il eût été avec des égaux.

Et voilà le côté admirable de cet homme : c'est qu'il vous élève constamment jusqu'à lui, sans descendre jusqu'à vous.

Tu penses bien que la permission fut accordée.

Il lut ce rapport, et, tout en le lisant, il semblait applaudir tout bas.

Enfin, tout haut :

– Messieurs, dit-il, je vous annonce une bonne nouvelle : la croix de Saint-Georges pour un de nos braves officiers.

On s'approcha avec curiosité.

– Eh bien, Kotzarev, à ce qu'il paraît, a exterminé douze ou quinze cents montagnards. Les bandits avaient passé le Terek et dévasté un village ; mais Kotzarev les a rejoints, les a enveloppés, et il m'envoie cinq prisonniers ; c'est tout ce qui reste de la bande.

Puis, se retournant vers l'officier cosaque :

– Amenez-moi un peu ces messieurs, dit-il ; je parie qu'il y a parmi ces drôles-là des figures de ma connaissance.

On les lui amena ; à leur vue, un nuage passa sur son front et ses sourcils se froncèrent.

– Misérables ! leur dit-il ; voilà trois fois que l'on vous prend, et deux fois que vous avez été lâchés, sur serment de ne plus *brigander* comme vous faites. Que vous manque-t-il donc ? Des prairies, vous en avez ; des troupeaux, vous en avez ; de la sécurité, est-ce que je ne suis pas là pour vous en donner ?... Emmenez-les, et qu'on les pende avec leurs propres cordes. Ils en choisiront seulement eux-mêmes un parmi eux, à qui vous donnerez la liberté, quand il aura assisté à l'exécution, afin qu'il aille raconter la chose à ses camarades.

On emmena les quatre hommes : un cinquième restait.

C'était un beg tatar ; seulement alors, nous le remarquâmes ; jusque-là, toute notre attention avait été absorbée par les autres.

C'était un jeune homme de vingt-trois ans, d'une merveilleuse beauté et fait comme l'Apollon du Belvédère.

Il attendait son tour dans une pose d'une grâce suprême et d'une fierté royale.

Lorsque l'œil du général s'arrêta sur lui, il salua et reprit sa première attitude.

Sur son visage, on pouvait lire cette complète résignation au sort, qui est une vertu des musulmans.

Le regard de Yermoloff s'arrêta sur lui plein de colère et de menace ; mais rien ne changea dans la physionomie du prisonnier ;

il ne baissa même pas les yeux.

– Ammalat-Beg, lui dit enfin le général après une minute de silence qui avait paru longue même à ceux qui n'étaient intéressés dans ce qui se passait que par la curiosité, – Ammalat-Beg, te souviens-tu que tu es sujet russe, que tu vis sous les lois russes ?

– Je ne l'ai point oublié, répondit Ammalat-Beg, et, si elles eussent défendu mes droits, je ne serais pas aujourd'hui amené en coupable devant vous.

– Tu es à la fois injuste et ingrat, reprit le général. Ton père et toi, vous avez combattu les Russes. Si cela s'était passé dans le gouvernement des pères de ces califes dont tu prétends descendre, ta famille n'existerait plus. Mais notre empereur est si bon, qu'au lieu de te pendre, il t'a donné un gouvernement. Comment l'as-tu récompensé de cette bonté ? Par une révolte ouverte. Mais ce n'est même pas là ton plus grand crime ; tu as permis qu'il poignardât devant toi un officier et deux soldats russes, et cependant, si tu t'étais repenti, je t'eusse pardonné, respectant ta jeunesse et vos usages ; mais non, tu t'es enfui dans les montagnes, et, avec Ackmeth-Khan, tu es venu attaquer un poste russe. Enfin, tu te fais un des chefs de Djemboulat, et tu viens piller avec lui les terres de tes anciens amis. Je n'ai pas besoin de te dire quel sort t'attend, n'est-ce pas ?

– Non, car je le sais, répondit tranquillement Ammalat-Beg : je serai fusillé.

– Non, un balle donne une trop noble mort pour que je permette que tu périsses par une balle ! répondit Yermoloff furieux. Non ! on mettra une araba le timon en l'air, au timon une corde, et la corde à ton cou.

– C'est exactement la même chose, répondit Ammalat-Beg, si ce n'est que la mort est plus prompte. Seulement, continua-t-il, j'ai une grâce à te demander : c'est, puisque je suis condamné d'avance, qu'on ne prenne pas la peine de me juger. Le jugement ne sera pas long, je le sais bien ; mais c'est toujours un retard.

– Accordé, répondit le général.

Puis, se retournant vers ses aides de camp :

– Emmenez-le, dit-il, et que, demain matin, tout soit fini.

On l'emmena.

Le sort de ce jeune homme, si fier, si calme, si résigné, avait touché tout le monde. Tout le monde le plaignait, et d'autant plus sincèrement, que l'on savait bien qu'il était impossible de le sauver, un exemple étant nécessaire et les décisions de Yermoloff étant toujours irrévocables.

Personne n'osait donc prier pour le malheureux jeune homme.

On se sépara.

Je remarquai qu'en rentrant chez lui le général était sombre. Je me dis, moi qui connais son cœur, qu'il était peut-être fâché que personne n'eût combattu sa volonté.

Je résolus d'essayer.

J'entrai chez lui dix minutes après qu'il y était rentré lui-même.

Il était seul, le coude appuyé sur une table. Sur cette table se trouvait un rapport commencé pour l'empereur.

Alexis-Petrovitch a, comme tu le sais, une grande amitié pour moi ; je suis un de ses familiers : il ne fut donc pas étonné de me voir.

Tout au contraire, il me sembla qu'il m'attendait, car il me dit en souriant :

– Je crois, André Ivanovitch, que tu en veux à mon cœur. Ordinairement, tu entres chez moi comme si tu marchais contre une batterie ; mais, aujourd'hui, on dirait que tu marches sur des œufs, comme le Mignon de ton poète favori. Parions que tu viens me demander la grâce d'Ammalat ?

– Par ma foi ! vous avez deviné juste, Excellence, lui répondis-je.

– Assieds-toi là et causons de cette affaire, me dit-il.

Puis, après un instant de silence, il continua :

– Je sais qu'on dit de moi que je regarde la vie des hommes comme un joujou, et que le sang de tous ces montagnards n'est pas plus précieux pour moi que l'eau qui tombe de leurs montagnes. Les conquérants les plus cruels cachaient leur cruauté sous l'apparence de la douceur. Moi, tout au contraire, je me suis fait une fausse réputation d'homme impitoyable. Mon nom doit garder nos frontières plus sûrement que les chaînes et les forteresses. Il faut que tous ces Asiatiques sachent que ma parole est inflexible comme la mort. L'Européen, on peut le convaincre, le toucher par la bonté, se l'attacher par le pardon ; l'Asiatique, jamais. Lui pardonner est plus qu'une faiblesse, c'est une faute ; c'est pour cela que je me conduis à leur égard sans miséricorde. Je suis cruel par humanité : la vue éternelle du supplice peut seule garantir les Russes de la mort, et, chez les musulmans, arrêter la trahison. Parmi tous ces gens qui font semblant de se soumettre, pas un qui ne cache la colère, qui ne couve la vengeance. Mes prédécesseurs ont dit et mes successeurs diront : « Chaque fois qu'il s'est agi ou qu'il s'agira d'une condamnation à mort, je voulais lui pardonner de tout mon cœur, j'avais la plus grande envie de lui faire grâce ; mais jugez vous-même : voici la situation, le puis-je ? » Puis viennent les pleurs versés sur la victime. Grimaces que tout cela, mon cher ! Les lois existent, il faut les exécuter. Des existences me sont confiées, je dois veiller sur elles. Je ne parle jamais ainsi, je ne verse jamais de ces larmes de fantaisie ; mais, chaque fois que je signe une sentence de mort, mon cœur pleure du sang.

Alexis-Petrovitch était ému. Il se leva, fit plusieurs tours dans sa tente, se rassit, et continua :

– Eh bien, jamais cette nécessité de punir ne m'a paru plus cruelle qu'aujourd'hui. Quiconque serait resté au milieu des Asiatiques aussi longtemps que moi ne ferait pas plus attention à un beau visage qu'à une lettre de recommandation. Mais, vois-tu, le visage, la taille, la voix, la tournure de cet Ammalat ont fait une vive impression sur moi. Je le plains.

– Un bon cœur vaut mieux que de l'esprit, général, lui dis-je, et vous êtes heureusement doué, vous : vous avez l'un et l'autre.

– Le cœur d'un homme public, mon cher, doit mettre bas les armes devant l'esprit. Je sais bien que je puis pardonner à Ammalat : cela dépend de moi ; moi je sais aussi que je dois le punir. Le Daghestan est plein d'ennemis ; Tarky, mal vaincu, est prêt à se relever au premier vent qui lui viendra des montagnards ; il faut couper court à tout cela avec des supplices, et montrer aux Tatars qu'en face des lois russes, tout doit se courber, même la miséricorde. Si je pardonne à Ammalat, il n'y aura qu'un cri : « Yermoloff a eu peur du chamkal ! »

– Oui, répondis-je ; mais, puisque nous sommes, non pas à

suivre les mouvements du cœur, mais à discuter et à apprécier, ne croyez-vous pas, général, que la reconnaissance de la famille d'Ammalat puisse avoir une grande influence dans le pays ?

– Le chamkal est un Asiatique comme les autres, mon cher colonel, interrompit Yermoloff, et il sera enchanté que ce prétendant à la principauté n'existe plus. Non, dans toute cette affaire, je ne m'occupe pas le moins du monde de ses parents.

En voyant cette espèce d'hésitation chez le général gouverneur, j'insistai plus fortement.

– Faites-moi faire un triple service, lui dis-je ; ne me donnez pas de congé cette année, et accordez-moi la grâce de ce jeune homme. Il est jeune, et la Russie peut trouver en lui un brave et bon serviteur. Je le prends sous ma responsabilité.

Alexis-Petrovitch secoua la tête.

– Écoute, me dit-il, c'est triste à dire, mais c'est une observation que je fais en philosophe, et qui n'attaque ni Dieu ni la Providence : rarement les bonnes actions de ce genre que j'ai faites ont tourné à bien, et note qu'elles n'ont pas été communes.

– Essayez encore de celle-là, général, et donnez-vous votre parole que, si elle tourne mal, ce sera la dernière.

– Eh bien, soit ! tu le veux, je lui pardonne ; aussi bien je n'attendais qu'une demande dans le genre de la tienne, qui m'excusât à mes propres yeux. Je lui pardonne, et complètement. Ce n'est pas ma manière, quand j'ai cédé sur le tout, de marchander sur les détails. Souviens-toi seulement d'une chose : tu as dit que tu le prenais sous ta responsabilité.

– Entièrement. Je l'emmène chez moi et je réponds de lui corps pour corps, général.

– Ne te fie jamais à lui et rappelle-toi la vieille histoire de la vipère réchauffée sur le cœur de l'homme compatissant. Oh ! les Asiatiques, les Asiatiques ! tu les connaîtras un jour, Verkovsky ; Dieu veuille que ce ne soit point à tes dépens !

J'étais si content, qu'au lieu de répondre au général, ou tout au moins de le remercier, je courus vers la tente où était Ammalat-Beg.

Trois sentinelles l'entouraient ; une lanterne brûlait, suspendue au centre. J'entrai. Il était tellement plongé dans ses pensées, qu'il ne m'entendit pas.

Je m'approchai de lui presque à le toucher ; il était étendu sur sa bourka et pleurait.

Cela ne n'étonna point ; ce n'est pas gai, de mourir à vingt-trois ans.

Ces larmes que je venais de surprendre me faisaient grand plaisir : elles me montraient le prix de la grâce que j'apportais.

– Ammalat, dis-je en tatar, Allah est grand et le serdar est bon : il te donne la vie.

Le jeune homme bondit sur ses pieds ; il voulait parler, mais il fut quelque temps sans pouvoir prononcer une parole, tant il était ému.

– La vie ! me dit-il, il me donne la vie ?

Puis, avec un sourire amer :

– Je comprends, ajouta-t-il : faire mourir lentement un homme dans une sombre prison, ou bien, quand il est habitué au chaud soleil d'Orient, l'envoyer languir au milieu des neiges dans la nuit, l'enterrer vivant, le séparer de ses parents, de ses amis, de sa maîtresse ; lui interdire la parole avec les autres, lui défendre de se plaindre à lui-même : c'est cela que l'on appelle la vie ; c'est la grâce suprême que l'on fait au condamné. Si c'est là la grâce que l'on me fait, si c'est là la grâce que l'on me donne, dites que je ne veux pas d'une pareille grâce.

– Tu te trompes, Ammalat, lui répondis-je. La grâce est entière, sans conditions, sans restrictions. Tu demeures maître de tes propriétés, de tes actions, de ta volonté. Voici ton sabre ; le général te le rend, sûr que tu ne le tireras désormais que pour combattre pour les Russes. Tu vivras chez moi jusqu'à ce que toute cette malheureuse affaire soit oubliée, et, chez moi, tu seras mon ami, mon frère.

La chose était nouvelle pour un Asiatique. Il me regarda : deux grosses larmes jaillirent de ses yeux.

– Les Russes m'ont vaincu de toute façon ! s'écria-t-il. Pardonne-moi, colonel, d'avoir si mal pensé de vous tous. À partir de ce moment, je deviens un fidèle serviteur de l'empereur de Russie, et mon cœur et mon sabre sont à lui. Oh ! mon sabre ! mon sabre !

ajouta-t-il en regardant la lame avec amour ; que mes larmes lavent le sang russe et le naphte tatar ! Quand et comment vous remercier pour la vie et la liberté ?

Je suis sûre, ma chère Marie, que tu me garderas pour cette affaire un de tes plus doux baisers. En agissant comme j'ai fait, d'ailleurs, je n'ai pas pensé à autre chose qu'à toi. « Marie sera contente, me disais-je ; Marie me récompensera. » Mais à quand la récompense, mon adorée ? Ton deuil doit durer encore plus de neuf mois, et le général gouverneur m'a refusé mon congé, en me rappelant que j'y avais renoncé moi-même en lui demandant la vie d'Ammalat.

Le fait est que ma présence était nécessaire au régiment. On lui fait bâtir des casernes pour l'hiver, et, si je pars, tout travail cessera. Je reste donc : mais mon cœur ! mon pauvre cœur !

Voilà trois jours que nous sommes à Derbend ; Ammalat est avec moi. Il ne parle pas. Il devient plus triste et plus sauvage de jour en jour, mais il ne m'en intéresse que davantage. Il parle bien le russe, mais de routine. Je lui apprends l'alphabet ; il comprend à merveille. J'espère faire de lui un excellent élève.

II

Pensées d'Ammalat-Beg, traduites du tatar

Ou je dormais jusqu'à présent, ou je rêve aujourd'hui. Voilà donc ce nouveau monde que l'on appelle la pensée. Un beau, un magnifique, un splendide monde qui longtemps m'a été inconnu, comme cette voie lactée qui se compose, dit-on, de millions d'étoiles. Il me semble que je gravis la montagne de la science au milieu de la nuit et du brouillard ; mais le jour naît et le brouillard se dissipe. À chaque pas, mon horizon devient plus clair et plus large. À chaque pas, je respire plus librement. Je regarde le soleil, le soleil me force à baisser les yeux ; mais déjà les nuages sont sous mes pieds. Nuages maudits ! de la terre, vous m'empêchez de voir le ciel ; du ciel vous m'empêchez de voir la terre.

D'où vient que ces simples questions, *pourquoi* et *comment*, ne s'étaient présentées à mon esprit ? Tout l'univers, avec ce qu'il a de bon et de mauvais, se reflétait dans mon âme, comme dans la mer ou dans un miroir ; seulement, mon âme n'en savait pas plus que le miroir ou que la mer. Je me souvenais bien de beaucoup de choses ; mais à quoi cela me servait-il ? Le faucon ne comprend pas pourquoi on lui met un chaperon sur les yeux ; le cheval ne comprend pas pourquoi on le ferre. Moi non plus, je ne comprends pas pourquoi il y a ici des montagnes, là des steppes ; ici des neiges éternelles, là des océans de sables enflammés. Qu'avons-nous besoin de tempêtes et de tremblements de terre ? Et toi, homme, la plus curieuse créature sortie de la main du Créateur, je n'ai, ou plutôt je n'avais jamais eu l'idée de suivre ta mystérieuse course, du berceau à la tombe. J'avoue que, jusqu'à présent, j'avais regardé du même œil les livres et la vie : les livres sans en comprendre le sens, la vie, sans en comprendre le but. Mais Verkovsky dénoue le bandeau de mes yeux, dissipe le brouillard de mon esprit ; il me donne les moyens de savoir, d'apprendre : avec lui, j'essaie mes ailes naissantes, comme la jeune hirondelle avec sa mère. La distance et la hauteur m'étonnent encore, mais ne m'effraient plus. Le temps viendra, et je planerai comme l'aigle dans l'azur éclatant des cieux.

Et cependant, suis-je heureux depuis que Verkovsky et ses leçons m'enseignent à penser ?

Autrefois, un cheval, un sabre, un fusil me réjouissaient comme un enfant, et, maintenant que je connais la supériorité de l'esprit sur la matière, je ne désire plus rien des choses que j'ambitionnais autrefois. Je me suis pris au sérieux un instant ; un instant je me suis cru un grand homme ; maintenant, je suis au moins convaincu d'une chose, c'est que je ne suis rien. Je ne voyais pas au-delà de mon aïeul : tout le monde antérieur était couvert d'un voile obscur. C'était une nuit sombre, peuplée de personnages empruntés aux contes et aux légendes. Le Caucase était mon horizon ; mais, au moins, je dormais tranquille dans cette nuit. J'espérais devenir un jour célèbre dans le Daghestan : les montagnes étaient le piédestal que j'avais choisi à ma statue, et voilà qu'en devenant savant, j'apprends dans les livres que l'histoire a peuplé, bien avant moi, le théâtre que je m'étais choisi, de nations qui avaient lutté avec gloire, de héros qui avaient fait redire leurs noms aux échos du Daghestan et du monde entier, et que, moi, je ne savais pas les noms des ces peuples, j'ignorais que ces héros eussent existé. Où sont ces peuples ? où sont ces héros perdus dans la nuit du temps, oubliés dans la poussière des siècles ? Je croyais que la terre appartenait aux Tatars, et voilà qu'en jetant les yeux sur une simple carte géographique, j'apprends qu'ils occupent un tout petit point d'un tout petit monde ; qu'ils sont de pauvres sauvages comparés au monde européen ; que personne ne pense à eux, qu'on ne sait rien d'eux, que l'on n'en veut rien savoir. Non, tous, tous des vers ! Les rois, les héros, les grands hommes sont des vers luisants, voilà tout.

Par Mahomet ! c'était bien la peine de se fatiguer l'esprit pour arriver à une pareille vérité !

À quoi bon connaître les forces de la nature et les lois par lesquelles elle se régit, lorsque mes forces sont impuissantes à gouverner mon âme ? Je puis dompter l'Océan, et je ne puis retenir mes larmes. Je détourne la foudre de mon toit, et je ne puis chasser le chagrin de mon esprit. J'étais déjà malheureux, quand je n'avais que mes sentiments pour assiéger mon âme ; et maintenant ce n'est point assez des sentiments, voilà les peines qui fondent sur moi comme mes faucons sur ces pauvres oiseaux que je commence à plaindre, ce que je n'eusse jamais eu l'idée de faire auparavant. Le malade gagne très peu à connaître sa maladie, il apprend en même temps qu'elle est inguérissable... Je souffre doublement depuis que j'analyse mes souffrances.

Mais non, je suis injuste. La lecture abrège ces longues heures de séparation qui me paraissent autant de nuits d'hiver ; en me donnant la faculté d'écrire mes pensées, c'est-à-dire de fixer les fantômes de mon imagination sur le papier, on m'a donné une puissance de cœur.

De cœur ou d'orgueil, je n'en sais rien.

Non, de cœur ; car, un jour, quand je reverrai Sultanetta, je lui montrerai ces pages, où son nom se trouve plus souvent répété que celui d'Allah dans le Coran. « Voici les mémoires de mon cœur, lui dirai-je ; regarde : tel jour, j'ai pensé à toi de telle sorte ; telle nuit, j'ai rêvé à toi de telle manière. Par les lignes, tu peux compter mes larmes ; par les mots, mes soupirs. » Peut-être rirons-nous ensemble de ces jours où j'ai tant souffert ; mais pourrai-je me souvenir du passé près de toi, ma Sultanetta adorée. Non, tout s'éteindra devant moi et autour de moi, et il n'y aura d'espace éclairé que celui qu'embrassera le rayon de tes yeux. À cette lumière, mon cœur fondra dans ma poitrine. M'oublier près de toi est plus doux que de faire retentir le monde entier de mon nom.

Tu vois bien que ce n'était pas l'orgueil.

Je lis ces récits d'amour, ces portraits de femmes, ces passions d'hommes : d'abord, pas une de ces héroïnes de roman n'est belle de corps, d'âme, de cœur, comme ma Sultanetta, et, moi-même, je n'ai aucune analogie morale avec ces hommes dont je lis l'histoire. J'envie leur esprit, leur science, leur amabilité, mais pas leur amour. Que le plus brûlant de ces amours est lent et froid : c'est un rayon de lune qui joue sur la glace. Non, je ne puis croire qu'ils aimaient véritablement, les hommes dont l'amour se manifeste ainsi.

Il y a une chose, amie, qu'il faut que j'avoue : c'est que je me demande en vain ce que c'est que l'amitié. Je ne sais que me répondre. J'ai un ami dans Verkovsky, un ami tendre, sincère, prévenant. Eh bien, il est un ami pour moi ; je sens que je ne lui réponds pas comme il le mérite, et je m'en accuse ; mais il n'est pas en mon pouvoir de faire autrement. Dans mon âme, il n'y a de place que pour Sultanetta ; dans mon cœur, il n'y a d'autre sentiment que l'amour.

Non, je ne veux plus lire ; non, je ne comprends pas ce qu'il me dit. Décidément, je ne suis pas fait pour gravir l'escalier de la science. L'haleine me manque dès les premières marches, je me perds dans les premières difficultés, j'embrouille le filet au lieu de le déployer. Je tire et j'arrache. J'ai pris pour mes progrès les encouragements du colonel. Mais qui empêche mes progrès ? Hélas ! ce qui fait le bonheur et le malheur de ma vie, l'amour. En tout je vois, partout j'entends Sultanetta, et souvent je ne vois et n'entends qu'elle. L'oublier un seul instant me semblerait un crime. Je le voudrais, que je ne le pourrais pas plus que d'empêcher mon cœur de battre. Puis-je vivre sans air ? Sultanetta est ma lumière, mon air, ma vie, mon âme !

Ma main tremble, mon cœur bat. Si j'écrivais avec mon sang, il brûlerait le papier. Sultanetta, tu ne sais donc pas que tu me fais mourir ? Ton image me poursuit partout. Le souvenir de ta beauté est plus dangereux pour moi que la beauté même. Cette pensée, que ce trésor d'amour que j'ai pressé entre mes bras est perdu à tout jamais pour moi, me jette dans le désespoir, dans la folie. Mon esprit se perd, mon cœur se brise. Je me souviens de chaque trait de ton visage, de chaque mouvement de ta physionomie, de chaque geste de ton bras, de chaque position de ton buste, et ton pied, ce cachet d'amour, et tes lèvres, cette grenade ouverte, et tes épaules, cette mine de marbre ! Oh ! le seul souvenir de sa voix fait vibrer mon âme, comme la corde d'un instrument près de se rompre. Et son baiser, ce baiser dans lequel il m'a semblé boire aux sources de la vie, la nuit, il retombe sur moi en rosée de feu. Oh ! encore un baiser pareil à celui de la chapelle, un seul, Sultanetta, et puis mourir !...

Le colonel Verkovsky, nous l'avons vu, s'était aperçu de la tristesse d'Ammalat-Beg, et, nous l'avons vu encore, il en avait deviné la cause.

Voulant le distraire, il organisa une chasse au sanglier, plaisir favori des begs du Daghestan.

Sur l'invitation du colonel, arrivèrent vingt begs avec leurs noukers, chacun disposé à faire de son mieux.

Le mois de décembre commençait à couvrir de neige le sommet des montagnes du Daghestan. La Caspienne, houleuse, innavigable pendant l'hiver, battait les murailles de la ville aux portes de fer. À travers le brouillard sifflaient les ailes des outardes ; tout était sombre et triste. La pluie fine qui tombait chaque soir semblait être les larmes du temps regrettant lui-même les beaux jours. Les vieux

Tatars restaient aux marchés, enveloppés jusqu'au nez dans leurs pelisses et leurs bourkas.

Mais ces jours tristes sont les beaux jours des chasseurs.

À peine le soleil se levait-il de l'autre côté de la mer, à peine les mollahs avaient-ils appelé à la prière, que le colonel et ses invités, Ammalat compris, gagnaient la porte septentrionale de Derbend, en nageant littéralement dans la boue.

Le chemin qu'ils suivaient est assez pauvre de vue ; c'est celui qui mène à Tarky ; par-ci par-là, quelques champs de garance, puis d'immenses cimetières tatars où les tombes sont si pressées, qu'elles semblent une forêt d'échalas ; quelques vignes rares ; enfin, la mer, qui, à cette époque, au lieu de servir de brillant miroir au ciel, semble un gigantesque bassin d'où s'élève un incessant brouillard. Des deux côtés de la route avaient roulé et étaient demeurés dans un désordre qui indiquait l'insouciance des hommes pour les cataclysmes de la nature, d'énormes blocs de rochers détachés de leur base par la violence des eaux.

Les rabatteurs étaient à leur place.

En arrivant, le colonel tira trois sons aigus et prolongés d'une trompe de corne cerclée d'argent, auxquels les rabatteurs répondirent par un cri indiquant qu'ils étaient prêts.

Les chasseurs se placèrent en ligne, les uns à cheval, les autres à pied, et la battue commença.

Bientôt parurent les sangliers, et l'on entendit pétiller les premiers coups de fusil.

Les forêts du Daghestan regorgent de ces animaux, et, quoique les Tatars, les considérant comme immondes, tiennent pour un péché même de les toucher, il est dans leurs habitudes de leur faire de grandes chasses. C'est à la fois une école de tir et de courage, le sanglier ayant la course extrêmement rapide, et celui des montagnes surtout revenant presque toujours sur le chasseur, quand il est blessé.

La ligne des chasseurs, composée d'une trentaine de tireurs, occupait un assez grand espace. Les chasseurs les plus braves ou les plus sûrs de leur coup choisissaient les endroits les plus isolés pour ne partager avec personne la gloire du triomphe.

Le colonel Verkovsky, comptant sur son courage et sur son adresse, prit un de ces postes avancés dans la forêt et tout à fait isolés. Appuyé contre un chêne, au milieu d'une espèce de clairière qui laissait au chasseur, mais aussi au sanglier, toute liberté de mouvements, il attendit l'événement, qui, dans ce pays où l'animal reste sauvage comme la nature et comme l'homme, est presque toujours une lutte corps à corps. On entendait des coups de fusil à droite et à gauche ; quelquefois, à travers les taillis ou les broussailles, le colonel distinguait un sanglier passant comme un éclair. Enfin, il entendit un grand craquement de buissons brisés, et il aperçut un grand et vieux sanglier venant droit à lui.

Le colonel fit feu, mais la balle glissa sur le crâne osseux et sur la tête taillée en coin de l'animal. Cependant, un instant étourdi de la violence du coup, le sanglier demeura frémissant sur ses quatre jambes, sans avancer ni reculer. Le colonel le crut plus blessé qu'il ne l'était, et, se démasquant, fit un pas pour aller à lui. L'animal, qui ne savait pas d'où était parti le coup, reconnut alors son adversaire, et fondit sur le colonel, le poil hérissé et faisant craquer sa mâchoire.

Verkovsky avait un second coup à tirer ; il attendit.

À quatre pas, il lâcha la détente ; l'amorce seule brûla.

Ce qui se passa alors fut rapide comme la pensée.

Il éprouva un choc violent, roula à terre ; mais, en roulant, avec l'admirable sang-froid qu'il devait à un courage éprouvé, il tira son kandjar.

C'était une des meilleures lames du Daghestan.

Le sanglier s'y enferra de lui-même, mais la violence de son attaque arracha l'arme des mains du colonel.

Le sanglier avait reçu une blessure terrible ; cependant, à ses yeux sanglants, à la bave qui tombait de sa gueule, le colonel pouvait comprendre qu'il était encore plein de force.

Couché, sans armes, sentant, à une vive douleur à la cuisse, qu'il était déjà blessé, le colonel comprit qu'il était perdu.

– À moi, les chasseurs ! cria-t-il sans espoir d'être entendu.

D'ailleurs, entendissent-ils, fussent-ils à cent pas, ils n'auraient pas le temps d'arriver.

Tout à coup, le galop d'un cheval se fit entendre : un chasseur arrivait sur les traces du sanglier, qu'il semblait poursuivre.

Un coup de fusil retentit ; le colonel entendit un sifflement aigu, puis le son mat que rend la balle en frappant dans les corps mous.

À l'instant même, il lui sembla qu'une montagne se détachait de sa poitrine.

Le sanglier l'abandonnait pour un nouvel adversaire.

Verkovsky se souleva sur son coude ; il avait comme un brouillard devant les yeux. Cependant, à travers ce brouillard, il vit un cavalier qui, au lieu de fuir devant le sanglier, ou simplement de l'attendre, se jetait à bas de son cheval.

L'homme et l'animal se ruèrent l'un contre l'autre et roulèrent l'un sur l'autre.

Il y eut un instant pendant lequel il eût été impossible au peintre de donner aucune forme à ce groupe monstrueux.

Seulement, il sembla au colonel que l'homme continuait de frapper, quoique l'animal fût déjà mort.

Enfin, le tueur acharné se redressa couvert de sang, d'écume, de boue.

C'était Ammalat-Beg.

La tête du sanglier était près de l'animal, complètement détachée du corps.

Le colonel se leva, et quoique perdant son sang par deux blessures, il courut au jeune homme, les bras ouverts et en le remerciant.

– Ne me remercie pas, dit Ammalat-Beg en repoussant et en frappant du galon de fer de sa botte la hure du sanglier ; ne me remercie pas. Je ne te sauve pas, je me venge. Ah ! maudit ! ah ! immonde ! continua le jeune homme en foulant aux pieds l'animal, comme si celui-ci eût encore pu le sentir et l'entendre. Ce n'est pas tout que de tuer mon ami le beg de Tavannant. Sans te retourner, lâche ! sans revenir sur moi qui t'appelais en te criant que j'avais tué ton père, poignardé ta mère, tu continues ton chemin pour venir éventrer mon bienfaiteur, celui à qui je dois la vie. Ah ! maudit ! ah ! immonde !

– Tu ne me dois plus rien, Ammalat, et nous voilà quittes, dit le colonel ; et, tout maudit, tout immonde qu'il est, j'espère bien que nous nous vengerons de lui en lui rendant la pareille ; nous lui appliquerons la peine tatare, Ammalat-Beg, la peine du talion. Il a frappé avec ses dents, nous le mangerons avec les dents. J'espère que tu laisseras là le préjugé, Ammalat, et que tu en mangeras ta part.

– Je mangerai ma part de l'homme qui aurait tué son ami, répondit le sauvage chasseur, à plus forte raison la chair d'un animal, sa chair fût-elle dix fois défendue !

– Et, pour faire passer cette chair défendue, Ammalat, nous l'arroserons avec la liqueur défendue.

– Tout ce que vous voudrez, colonel ; mieux vaut arroser mon cœur qui brûle avec du vin qu'avec l'eau sainte, puisque l'eau sainte n'y fait rien.

Puis, appuyant ses deux mains sur sa poitrine, comme s'il eût voulu étouffer son cœur, il poussa un profond gémissement.

La battue était finie, celle-là du moins. On entendit les cris de rappel. Le colonel sonna trois coups dans sa trompe ; un instant après, rabatteurs et chasseurs l'entouraient.

Le colonel raconta en deux mots ce qui venait de se passer ; puis, montrant le sanglier, dont la tête était détachée du corps :

– Un beau coup, un brave coup, Ammalat ! dit le colonel en se retournant vers le jeune homme.

– C'est la vengeance d'un Asiatique. La vengeance d'un Asiatique est mortelle !

– Ami, lui dit le colonel, tu as vu quelle était la vengeance d'un Russe, c'est-à-dire d'un chrétien ; que cela te soit une leçon !

Et tous deux revinrent vers le camp.

Ammalat-Beg était distrait. Tantôt il ne répondait pas aux questions de Verkovsky, tantôt il y répondait tout de travers. Il allait côte à côte avec lui, regardant de tous côtés comme s'il attendait quelqu'un, et ne songeant pas même à demander au colonel s'il souffrait de ses blessures.

Verkovsky pensant qu'en intrépide chasseur, Ammalat rêvait chasse, pressé d'ailleurs de rentrer pour remettre sa jambe et sa cuisse au chirurgien, partit au galop, et laissa Ammalat à ses rêves.

Le jeune homme le laissa s'éloigner jusqu'à ce qu'il eût tourné une colline, et alors, se croyant seul, il se dressa sur ses étriers et regarda autour de lui.

Tout à coup, du fond d'un ravin s'élança un cavalier aux habits tout déchirés par l'arbre épineux qui pousse sur toutes les pentes du Caucase.

Ce cavalier vint droit à Ammalat-Beg.

Un seul cri s'élança de leurs deux bouches :

– *Aleikoum salam !*

Et tous deux, sautant à bas de leurs chevaux, se jetèrent dans les bras l'un de l'autre.

– Ainsi te voilà, Nephtali ! s'écria Ammalat-Beg ; tu l'as vue, tu lui as parlé. Oh ! je vois à ton visage que tu apportes de bonnes nouvelles.

Il ôta vivement sa veste toute brodée d'or, et, la présentant à Nephtali :

– Tiens, dit-il, prends, messager de bonheur. Vit-on ? Se porte-t-on bien ? M'aime-t-on comme auparavant ?

– Par Mahomet ! laisse-moi respirer un peu, dit Nephtali ; tu me fais tant de questions, et j'ai, de mon côté, tant de choses à te dire, qu'elles sont réunies à la porte de la mosquée comme des femmes qui ont perdu leurs pantoufles.

– Eh bien, dis chaque chose à son tour. Tu as reçu ma lettre ?

– Tu le vois bien, puisque me voilà. J'ai reçu ta lettre, et, par ton désir, je me suis rendu à Khuntsack. J'y suis entré si doucement et si silencieusement, que je n'ai pas réveillé un oiseau sur mon chemin. Ackmeth-Khan se porte bien : il était à la maison. Il s'est fort informé de toi, a secoué la tête et a demandé : « N'y a-t-il pas besoin d'un fuseau pour dévider la soie de Derbend ? » La femme du khan, qui te regarde déjà comme son gendre (Ammalat poussa un soupir en regardant le ciel), t'envoie mille compliments ; mais j'ai jeté les petits pâtés, dont le galop de mon cheval avait fait de la bouillie.

– Que le diable les mange ! Et... et Sultanetta ?

– Sultanetta, mon frère, dit à son tour Nephtali avec un soupir, Sultanetta est belle comme le ciel avec ses étoiles. Seulement, ce ciel, nuageux et sombre d'abord, est devenu d'azur lorsque j'ai prononcé ton nom, lorsque j'ai dit que je venais de ta part. Elle a manqué se jeter à mon cou : je lui ai vidé tout un sac de tendresses de ta part. Je lui ai affirmé que tu mourais d'amour pour elle.

– Et qu'a-t-elle répondu ?

– Rien. Elle s'est mise à pleurer.

– Bon cœur ! cher cœur ! et que me fait-elle dire ?

– Demande plutôt ce qu'elle ne te fait pas dire, et j'en aurai plus tôt fini. Elle te fait dire que, depuis que tu es parti, elle ne s'est pas réjouie, même pas en rêve, que son cœur est enseveli sous la neige, et que ta présence seule pourra la faire fondre comme le soleil de mai. Si j'avais attendu qu'elle eût achevé tout ce qu'elle avait à te dire, qu'elle eût prononcé tous ses souhaits, nous nous serions revus tous deux, mon cher Ammalat, avec des têtes grises ; et, pourtant, elle m'a presque chassé, parce qu'elle trouvait que je ne partais pas assez vite, et qu'elle voulait que tu connusses à l'instant même toutes ses souffrances.

– Adorable créature ! s'écria Ammalat-Beg s'adressant à Sultanetta, comme si elle pouvait l'entendre. Oh ! jamais tu ne sauras quel bonheur c'est pour moi d'être avec toi ; quel martyre c'est pour moi de ne pas te voir !

– Eh ! par Allah ! il me semble que c'est elle que j'entends, car elle dit exactement la même chose que toi, Ammalat. « Oh ! que ne peut-il venir ! sanglotait-elle, ne fût-ce que pour un jour, pour une heure, pour un instant ! »

– Oh ! la voir, la voir, et puis mourir !

– Non, Ammalat, il faut la voir et vivre. Jamais on ne désire tant vivre que lorsqu'on la regarde. Son regard seul double la rapidité du sang.

– Lui as-tu dit pourquoi je ne puis accomplir le plus cher de tous mes désirs ?

– Je lui ai dit tant de choses, que, si tu les eusses entendues, tu m'aurais pris pour le poète du schah de Perse. Elle en a pleuré toutes ses larmes, pauvre enfant !

– Il ne fallait pas la désespérer, Nephtali ; peut-être ce qui ne se peut pas maintenant se pourra-t-il plus tard. Ôter l'espoir du cœur d'une femme, c'est en ôter l'amour... Femme qui n'espère plus n'aime pas longtemps.

– Tu jettes les mots en l'air, Ammalat : l'espoir, chez les amants, c'est, au contraire, un peloton sans fin. De sang-froid, à peine si l'on en croit ses yeux. Aime-t-on, on croit à tout, même aux fantômes ! Écoute, Sultanetta est sûre que, fusses-tu même au cercueil, tu en sortiras pour la venir voir.

– Le cercueil et Derbend, c'est tout un pour moi, Nephtali : mon cadavre est à Derbend, mon âme à Khuntsack.

– Et ton esprit, où est-il, Ammalat ? Il court la campagne, il me semble. Es-tu donc si mal chez le colonel, pour un homme qui, depuis six mois, devrait être pendu ! Non. Tu es libre, tu es content, aimé comme un frère, traité comme une promise. Sultanetta est belle, je le sais bien ; mais Verkovsky est bon, et tu peux bien sacrifier à l'amitié une toute petite partie de l'amour.

– Et que fais-je donc, Nephtali ? Mais si tu savais combien il m'en coûte. Il me semble que ce que je donne à Verkovsky, c'est un morceau que j'arrache de mon cœur. L'amitié est une bonne chose, mais elle ne remplace pas l'amour, Nephtali.

Nephtali poussa un soupir.

– As-tu jamais parlé de Sultanetta au colonel ? demanda-t-il.

– Jamais je n'ai osé, quoique cent fois j'en aie eu envie ; mais les paroles s'arrêtent sur mes lèvres. Dès que j'ouvre la bouche, il me semble que le nom de Sultanetta leur barre le passage. Il est si sage, que j'ai conscience de l'ennuyer de ma folie. Il est si bon, que je crains de fatiguer sa patience. Imagine-toi, Nephtali, qu'il est amoureux d'une femme avec laquelle il a été élevé. Il l'eût épousée ; mais, en 1814, au moment de la guerre de France, on le crut tué. La femme, qui luttait depuis trois ans déjà pour garder son cœur à Verkovsky, céda, le croyant mort, et en épousa un autre. En 1814, il revint. Sa Marianne était mariée. Que penses-tu que j'eusse fait à sa place ? J'eusse enfoncé mon kandjar dans le cœur de la parjure. Je l'eusse enlevée pour la posséder, ne fût-ce qu'une heure. Non : il a su que son rival était un galant homme, comme ils disent ; il a eu le sang-froid de rester son ami, et a revu son ancienne promise sans les poignarder tous les deux.

– Un homme rare, dit Nephtali, qui doit être un ami sûr.

– Oui, mais quel amant glacé ! Si retenu qu'il fût, le mari a été jaloux. Qu'a fait Verkovsky ? Il est venu prendre du service au Caucase. Par bonheur ou par malheur, le mari est mort. Ah ! cette fois, n'est-ce pas, il va seller son cheval, sauter dessus et partir ? Non. Le gouverneur lui a dit que sa présence est nécessaire ici, et il y reste – pas huit jours, pas un mois, pas trois mois : un an, un siècle, l'éternité ! Quant à son amour, il le nourrit avec du papier, tous les huit jours, les jours de poste. Non, vois-tu, Nephtali, un pareil homme, si bon qu'il soit, ne comprendrait pas mon amour. Il y a entre nous une trop grande différence d'âge et surtout d'idées. Tout cela glace mon amitié et m'empêche d'être sincère.

– Singulier homme que tu fais ! dit Nephtali avec un certaine tristesse. Tu n'aimes pas Verkovsky, parce que justement, plus qu'un autre, il est digne d'amour et de respect.

– Qui t'a dit que je ne l'aimais pas ? s'écria Ammalat-Beg presque en frissonnant. Non, non, au contraire, je dois l'aimer comme mon bienfaiteur, comme l'homme qui m'a sauvé la vie. Oh ! j'aime tout le monde depuis que je connais Sultanetta. Je voudrais couvrir la terre de fleurs, faire de l'univers un immense jardin.

– Aimer tout le monde, c'est n'aimer personne, Ammalat.

– Tu te trompes, Nephtali. L'univers boirait à la coupe de mon amour, que ma coupe serait encore pleine, dit Ammalat en souriant.

– Voilà ce que c'est que de voir une belle fille sans voile, et ne plus voir ensuite que des voiles et des sourcils. Il te faut, comme au rossignol de la vallée d'Aourmès, une cage pour te faire chanter.

– Qu'est-ce que la vallée d'Aourmès ? demanda Ammalat-Beg.

– Au printemps, c'est le royaume des roses ; à l'automne, c'est le royaume des raisins, répondit Nephtali.

Et, comme un groupe de chasseurs en retard s'avançait vers eux, les deux amis, tirant leurs chevaux par la bride, s'enfoncèrent dans l'épaisseur du bois.

III

Le colonel Verkovsky à sa fiancée

Derbend, avril 1820.

Viens à moi, chère Marie, cœur de mon cœur ! viens à moi, et admire avec moi une belle nuit du Daghestan. Derbend est couchée tranquillement sur un tapis de fleurs, comme une sombre lave tombée du sommet du Caucase ; le vent m'apporte l'odeur des amandiers ; le rossignol chante dans les buissons, derrière la forteresse. Tout renaît à la vie, tout respire l'amour. La nature, rougissante comme une fiancée modeste, s'est couverte d'un voile de brouillards. Leur océan fait merveille au-dessus du grand lac Caspien. La mer d'en bas palpite comme une cuirasse damasquinée que soulève le souffle d'une robuste poitrine. Celle d'en haut coule comme une houle d'argent, éclairée par la pleine lune, qui se balance au ciel comme une lampe d'or autour de laquelle brillent les étoiles, diamants semés sur l'azur. Au reste, à chaque instant, les rayons capricieux de la lune changent l'aspect – je ne dirais pas du paysage : des brouillards sans fin, une mer sans limite ne constituent pas un paysage –, mais d'un horizon que l'on croirait le seuil du royaume des fantômes, de l'empire des rêves.

Tu ne saurais t'imaginer, chère bien-aimée, quel triste et, en même temps, quel doux sentiment me causent le bruit et la vue de la mer. Je pense aussitôt à l'éternité de notre âme et à l'infini de notre amour. Cet amour est en moi et autour de moi. C'est le seul grand et immortel sentiment que l'homme puisse posséder. C'est son océan à lui. Sa flamme me réchauffe dans l'hiver de ma tristesse, sa lumière me guide dans la nuit du doute ; alors j'aime sans larmes, et je crois à tout. Tu ris de mon rêve, sœur de mon âme ; tu t'étonnes de ce mélancolique langage. Eh ! mon Dieu, à qui dirais-je toutes mes pensées, si ce n'est à toi ? Tu sais que je suis une espèce de lanterne, et qu'à la flamme qui brûle dans mon cœur tous mes sentiments se dessinent sur mon visage, et, comme tu me liras, toi aussi, avec ton cœur et non avec ton esprit, je suis tranquille. En tout cas, si quelques points de mes lettres te restent obscurs, ton heureux fiancé te les expliquera au mois d'août prochain. Je ne puis pas penser sans délire au moment où je te reverrai : je compte les heures qui nous séparent, je compte les verstes qui sont entre nous. Ainsi, au mois de juin, tu viendras aux eaux du Caucase, et alors seulement quelques sommets glacés dans la chaîne granitique seront entre nous deux. Comme nous serons près et, en même temps, loin l'un de l'autre, mon amour ! Combien d'années de ma vie je donnerais pour rapprocher l'heure bienheureuse de notre entrevue ! Nos âmes sont depuis si longtemps fiancées ! Pourquoi donc ont-elles été séparées jusqu'à présent ?

Notre Ammalat se cache toujours de moi. Je ne l'accuse pas ; je sais combien il est difficile, impossible même, de changer des habitudes sucées avec le lait de la mère et avec l'air de la patrie. Le despotisme de la Perse a laissé dans l'âme des Tatars du Caucase les plus basses passions, fait entrer dans leur cœur les plus lâches ruses. En pouvait-il être autrement dans un gouvernement fondé sur l'échange du grand despotisme avec le petit, où la justice même du jugement est chose rare, où le pouvoir n'est que le droit d'exercer le brigandage sans punition ?

« Fais avec moi ce que tu voudras, mon maître ; mais laisse-moi faire avec mes inférieurs ce que je voudrai. »

Voilà le gouvernement asiatique tout entier.

De là vient que chacun, se trouvant entre deux ennemis, celui qui l'opprimait et celui qu'il opprimait, s'est habitué à cacher ses pensées comme son argent. De là vient que chacun rusait devant le fort pour en obtenir la force, devant le riche pour en obtenir une rançon quelconque par oppression ou par dénonciation. De là vient, enfin, que le Tatar du Daghestan ne dira pas un mot, ne fera pas un pas, ne donnera pas un concombre sans espérance de recevoir à son tour un cadeau. Grossier avec quiconque n'a ni force ni pouvoir, il se courbe devant le puissant, rampe devant le riche. Il vous couvrira de caresses, vous donnera ses enfants, sa maison, son âme, pour garder son argent. Et, s'il a pour vous une attention quelconque, soyez sûr que cette attention cache un calcul. Dans les affaires, un denier l'arrête : il est difficile de s'imaginer jusqu'où va leur amour du gain. Les Arméniens ont le caractère plus bas, plus vil qu'eux ; mais les Tatars, je crois, sont plus traîtres et plus avides ; or, il est évident qu'Ammalat, voyant de tels exemples depuis son enfance, en a dû être influencé, quoiqu'il ait conservé dans sa noblesse un grand mépris pour tout ce qui est bas et indigne ; mais il a reçu de la nature un caractère dissimulé, comme une arme indispensable contre ses ennemis visibles ou cachés. Chez les Asiatiques, les liens de parenté, si sacrés chez nous, n'existent pas : le fils, chez eux, est l'esclave du père ; le frère est l'ennemi du frère. Ils n'ont aucune confiance dans leur prochain, parce que leur religion a oublié de leur dire d'aimer leur prochain comme eux-mêmes. La jalousie que leur inspire leur femme ou leur maîtresse étouffe tous les sentiments intermédiaires. Il n'y a pas d'amitié pour eux. Un enfant élevé par une mère esclave, ne connaissant pas les caresses de son père, étouffé par l'alphabet arabe, se cache même des enfants de son âge. Dès sa première dent, il s'occupe de lui-même ; à sa première moustache, toutes les portes et tous les cœurs se ferment devant lui. Les maris le regardent avec inquiétude et le chassent comme une bête sauvage, et les premiers mouvements de son cœur, la première impulsion de la nature sont déjà des crimes devant le mahométisme. Il ne doit rien laisser voir de ce qui se passe en lui devant son plus proche parent, devant son meilleur ami. S'il pleure, il doit tenir son bachlik sur ses yeux et pleurer seul et en silence !

Je te dis tout cela, chère bien-aimée, pour que tu ne condamnes pas Ammalat. Ces mœurs asiatiques sont si loin des nôtres, qu'elles ont besoin de t'être expliquées à chaque instant. Ainsi voilà près d'un an et demi qu'il demeure chez moi, et je ne savais pas encore le nom de la femme qu'il aime, quoiqu'il ait très bien compris que ce n'était point par curiosité que je désirais connaître les mystères de son cœur.

Enfin, un jour, il m'a tout raconté.

Voici comme la chose s'est faite :

Nous étions allés nous promener, Ammalat et moi, hors de la ville ; nous avions pris le chemin de la montagne, et, en allant toujours plus loin, toujours plus haut, nous nous trouvâmes sans nous en apercevoir près du village de Kemmek, où passe la fameuse muraille qui défendait la Perse contre les invasions des peuples qui habitaient les steppes septentrionaux du Caucase. Les chroniques de Derbend veulent que cette muraille ait été bâtie par un certain Isfendiar. Voilà d'où vient la tradition qui attribue ce travail à Alexandre le Grand, lequel n'est jamais venu jusqu'ici. Selon toute probabilité, ce fut Nouchirvan qui la découvrit, la renouvela, et y plaça des sentinelles.

Depuis lors, elle fut réparée plusieurs fois ; enfin, elle en est, faute de réparations, arrivée à l'état où on la voit aujourd'hui. On dit que cette muraille allait de la mer Caspienne à la mer Noire en traversant tout le Caucase, ayant à son extrémité des portes de fer, c'est-à-dire Derbend ; à son centre des portes de fer, c'est-à-dire le Darial. On voit, du reste, ses traces dans les montagnes aussi loin qu'on peut les suivre. Elles se perdent seulement dans les précipices et les cavernes. Cependant, malgré les recherches qui ont été faites, de la mer Noire à la Mingrélie, on n'en trouve aucune trace. Je regardais avec curiosité cette muraille flanquée de tours, et je m'étonnais de la grandeur des anciens, même dans leurs caprices, caprices auxquels ne peuvent atteindre les Orientaux de nos jours. Les miracles de Babylone, le lac Mœris, les pyramides des pharaons, la barrière infinie de la Chine, cette muraille élevée dans les lieux les plus sauvages, sur les cimes des plus hauts rochers, dans les plus profondes cavernes, attestent la volonté gigantesque et le pouvoir infini des rois du passé. Ni le temps ni les tremblements de terre n'ont pu détruire le travail de l'homme, et le pied des siècles n'a pu écraser les restes de cette audacieuse antiquité.

J'avoue que cette vue m'inspirait à la fois de saintes et orgueilleuses pensées. Je planais sur les traces de Pierre le Grand, ce fondateur d'un nouvel empire. Je me le représentais sur les ruines de ce pouvoir asiatique, du milieu desquelles, tirant la Russie avec sa forte main, il la poussa vers l'Europe. Qu'ils devaient être brillants, lancés du Caucase, les éclairs de son regard ! Quelles pensées bouillonnaient alors dans son esprit ! Quel souffle gonflait sa poitrine ! Le prodigieux avenir de son pays s'étendait devant ses regards, infini comme l'horizon. Dans l'immense miroir de la Caspienne, il voyait se refléter la future grandeur de la Russie, semée par lui, arrosée d'une sueur de sang. Il avait pour but, non pas ses simples et brutales conquêtes, comme en ont fait ces barbares, mais le bonheur du genre humain. Astrakan, Derbend, Bakou, voilà les anneaux de la chaîne dont il voulait entourer le Caucase, en y réunissant le commerce de l'Inde et celui de la Russie.

Ô Dieu du Nord ! toi que la nature créa pour flatter la vanité de l'homme et le faire, en même temps, désespérer d'atteindre jamais à ta hauteur, ton ombre gigantesque est debout devant moi et la cataracte des siècles se brise en poussière à tes pieds !

Pensif et muet, je marchais toujours.

Cette muraille du Caucase est bâtie au nord avec des blocs de pierre taillés carrément et emboîtés dans des pierres plus étroites, et par conséquent plus longues que larges. C'est ce que les Grecs ont appelé la construction pélasgique. Sur beaucoup de points, les créneaux existent encore ; seulement, des semences d'arbres, tombées dans les interstices, séparent les pierres avec les lents mais irrésistibles leviers de leurs racines, et peu à peu font couler les portions de la muraille qui ont réchauffé dans leur sein ces serpents de chêne. L'aigle fait tranquillement son nid dans la tour pleine autrefois de soldats, et par les chemins, refroidis depuis des années, se trouvent les ossements des chênes sauvages que les chacals ont apportés jusqu'ici.

Sur plusieurs points, je perdais la trace même de la muraille ; puis, tout à coup, je la voyais surgir de nouveau au milieu des herbes et des broussailles.

Après avoir fait ainsi trois verstes à peu près, nous arrivâmes à une porte et nous passâmes du côté septentrional au côté méridional, sous une voûte couverte d'herbes et de racines.

À peine avions-nous fait vingt pas, que nous rencontrâmes six montagnards armés.

Ils étaient couchés dans l'ombre, près de leurs chevaux, qui broutaient l'herbe.

Ce fut alors que je m'aperçus de la faute que j'avais commise en faisant, hors de Derbend, une si longue course sans escorte.

Il était impossible de fuir, à cause des pierres et des buissons. D'un autre côté, c'était téméraire, à deux que nous étions, d'attaquer six hommes. Je n'en tirai pas moins mon pistolet de ma fonte ; mais Ammalat, en voyant la situation, la jugea d'un coup d'œil, et, repoussant l'arme dans son étui, me dit tout bas :

– Ne touchez pas à votre pistolet, ou nous sommes perdus ; seulement, ne me quittez pas un instant des yeux, et ce que vous me verrez faire, faites-le.

Les brigands nous avaient aperçus ; ils se levèrent vivement et saisirent leurs fusils.

Un seul resta nonchalamment étendu sur le gazon.

Il leva la tête, nous regarda, et fit signe à ses compagnons.

À l'instant même, nous fûmes entourés, et un montagnard saisit la bride de mon cheval.

Il y avait un seul sentier devant nous, et au milieu de ce sentier était couché le chef lesghien.

– Je vous prie de descendre de vos chevaux, chers hôtes, dit-il en souriant.

J'hésitais. Ammalat me fit signe de rester à cheval, mais lui sauta à terre.

Cela parut suffire au chef lesghien.

Ammalat s'approcha de lui.

– Bonjour, cher ami ! lui dit-il. Par ma foi, je n'espérais pas te voir aujourd'hui ; je croyais que, depuis longtemps, le diable avait fait de toi du schislik.

– Tu vas vite en besogne, Ammalat-Beg ! lui répondit le bandit en fronçant le sourcil. J'espère encore, avant que pareille chose arrive, donner à dévorer aux aigles quelques cadavres de Russes et de Tatars comme toi.

– Comment va ta chasse ? demanda Ammalat-Beg aussi tranquillement que s'il n'eût pas entendu.

– Elle allait mal. Les Russes se gardent comme des lâches.

Je tressaillis ; mais je rencontrai en même temps, fixés sur moi, le regard haineux du montagnard et le regard doux et plein de sérénité d'Ammalat.

– J'ai pris seulement, continua le Lesghien, quelques troupeaux, une douzaine de chevaux de régiment, et justement, aujourd'hui même, je voulais m'en retourner les mains vides. Mais Allah est grand, et il m'envoie un riche beg et un colonel russe.

Mon cœur sembla s'arrêter, lorsque j'entendis ces paroles.

– Ne vends pas ton faucon lorsqu'il est au-dessous des nuages, dit en riant Ammalat-Beg, mais seulement lorsqu'il est revenu sur ton poing.

Le brigand empoigna son fusil et nous regarda durement.

– Ammalat, dit-il, tu es pris et bien pris : ne songe pas à m'échapper, ni toi, ni ton compagnon. Mais, ajouta-t-il en riant, peut-être comptes-tu te défendre ?

– Allons donc, Chemardant ! nous prends-tu pour des fous de vouloir lutter à deux contre six ? Nous aimons bien l'argent ; mais, plus encore que l'argent, nous estimons la vie. Nous sommes pris, nous paierons, à moins toutefois que tu ne sois trop exigeant. Tu sais bien que je suis orphelin. Le colonel, non plus, n'a pas de parents.

– Tu n'as ni père ni mère ; mais tu as l'héritage de ton père.

– Je n'ai rien, puisque je suis prisonnier des Russes.

– Si tu es prisonnier, pourquoi ne profites-tu pas de l'occasion pour te sauver ? Je te fais libre, moi.

– Il n'y a que lui qui puisse me faire libre, dit Ammalat-Beg en me montrant. C'est lui qui a ma parole : jusqu'à ce qu'il me la rende, je le suivrai partout où il lui plaira de me conduire. La parole d'un mahométan est invisible comme un cheveu de femme, mais elle est forte comme une chaîne de fer.

– Si tu n'as pas d'argent, on se contentera de moutons ; un mot à Sophyr-Ali, qui est resté à la garde de la maison, arrangera les choses. Mais ne me parle pas de la pauvreté du colonel : je sais qu'il n'y a pas un soldat de son régiment qui ne vende jusqu'au dernier bouton de son uniforme pour le racheter. En tout cas, nous verrons. Qu'Allah me garde ! je ne suis pas un juif.

– Sois raisonnable, Chemardant, reprit le jeune Tatar, et nous ne songerons ni à nous défendre ni à nous enfuir.

– Je te crois, et j'aime que l'affaire finisse ainsi sans poudre et sans plomb.

Puis, avec un regard railleur :

– Que tu es devenu brave, Ammalat ! continua-t-il. Quel cheval ! quel fusil ! Montre-moi donc ton poignard. C'est fait à Kouba ?

– Non, c'est fait à Kislar, répondit Ammalat.

Puis, tirant l'arme du fourreau :

– Ce n'est point le fourreau qu'il faut regarder, dit-il, c'est la lame. La lame est un miracle de travail. D'un côté, tu vois le nom du fabricant ; lis toi-même : « Ali Ousta Kasanisky. »

Ammalat tenait son kandjar devant les yeux du bandit, qui essayait de déchiffrer l'inscription gravée sur la lame.

Il me lança un regard qui me fit tressaillir.

Tout à coup le kandjar brilla comme un éclair, et disparut tout entier dans la poitrine du Lesghien.

J'avais deviné. Je saisis mon pistolet dans ma fonte, et cassai la tête du montagnard qui tenait mon cheval.

En voyant tomber leurs deux compagnons, les quatre autres s'enfuirent.

Ammalat se mit tranquillement à dépouiller les morts.

– Ami, lui dis-je en secouant la tête, je ne sais pas si je dois te louer de ce que tu viens de faire. La ruse est toujours la ruse, c'est-à-dire une chose étroite et misérable, même contre un ennemi.

Il me regarda avec étonnement.

– En vérité, colonel, me dit-il, vous êtes étrange ! Ce bandit a fait un mal terrible aux Russes. Savez-vous qu'il nous eût tiré le sang goutte à goutte pour avoir de l'or ?

– C'est vrai, Ammalat, lui dis-je ; mais mentir, mais l'appeler ton ami, mais causer amicalement avec lui, et, tout à coup, lui enfoncer ton kandjar dans le cœur ? Ne pouvions-nous pas commencer comme nous avons fini ?

– Non, colonel, non, nous ne le pouvions pas. Si je ne me fusse pas approché de leur chef, si je ne lui eusse pas parlé amicalement, ils nous eussent tués au premier mouvement que nous eussions fait. Je connais très bien les montagnards. Ils sont braves, mais seulement devant leur chef. Il fallait donc commencer par lui. Lui mort, voyez comme ils ont fui !

Je secouai une seconde fois la tête.

Cette dissimulation asiatique, à laquelle je devais la vie, ne me plaisait pas.

Quant à Ammalat, après qu'il eut pris les armes du chef, il s'approcha pour prendre celles du Lesghien que j'avais renversé d'un coup de pistolet.

À mon grand étonnement, le pauvre diable n'était pas mort. En le voyant tomber, j'avais éloigné mon cheval de lui.

Il prononça quelques paroles qui me semblèrent une prière.

Ammalat s'approcha de lui, et son étonnement fut encore plus grand que le mien, lorsqu'il reconnut dans le blessé – la balle lui avait traversé les deux joues – un des noukers d'Ackmeth-Khan.

– Comment es-tu en compagnie de ces brigands de Lesghiens ? lui demanda-t-il.

– Le diable m'a tenté, répondit-il. Khan Ackmeth m'a envoyé au village de Kemmek avec une lettre pour le docteur Ibrahim, dans laquelle il l'invitait à passer sans retard à Khuntsack. J'ai rencontré Chemardant. Il m'a dit : « Viens avec moi, il y a de l'argent à gagner où je vais » ; je l'ai suivi.

– On t'a envoyé chercher le docteur Ibrahim ? demanda vivement Ammalat-Beg.

– Oui.

– Qui donc est malade à Khuntsack ?

– La jeune khanesse Sultanetta.

– Malade ? s'écria Ammalat ; Sultanetta, malade ?

– Voici la lettre au médecin, dit le nouker.

Et, en disant ces mots, il remit à Ammalat-Beg un petit rouleau d'argent avec un papier.

Ammalat devint pâle comme un mort ; il déplia le papier en tremblant, et, tout en lisant, il répétait d'une voix à peine articulée :

« Elle ne mange rien !... Voilà trois nuits qu'elle n'a dormi ! Elle rêve ; sa vie est en danger, sauvez-la ! »

– Mon Dieu ! mon Dieu ! s'écria Ammalat-Beg, et moi qui ris, qui m'amuse, pendant que l'âme de mon âme est près de quitter la terre ! Oh ! que toutes les malédictions d'Allah tombent sur moi, et qu'elle guérisse ! Chère et belle fille ! oh ! tu te penches, oh ! tu te flétris, rose d'Avarie ! La mort t'appelle, la mort te dit : « Viens ! » et, tout en m'appelant à ton secours, tu es forcée d'obéir à la mort !... Colonel, colonel, s'écria-t-il en saisissant ma main, au nom de votre Dieu, accordez-moi une demande sacrée, la seule que je vous ferai jamais. Laissez-moi la voir une fois, une fois encore, une dernière fois.

– Qui veux-tu voir, Ammalat ?

– Sultanetta, l'âme de mon âme, la prunelle de mes yeux, la flamme de ma vie ; Sultanetta, la fille du khan d'Avarie. Elle est malade, elle se meurt, elle est morte, peut-être. Lorsque je jette ici au vent mes paroles, elle est morte ! et je n'ai pas recueilli son dernier regard, reçu son dernier soupir. Oh ! pourquoi les débris enflammés du soleil ne tombent-ils pas sur ma tête ? Pourquoi la terre ne s'ouvre-t-elle pas pour m'engloutir ?

Et il tomba sur ma poitrine, étouffé par les larmes qui ne pouvaient sortir, criant des sanglots, mais incapable de prononcer une seule parole.

Ce n'était pas le moment de lui reprocher sa longue dissimulation ; seulement, était-ce bien mon devoir de laisser un prisonnier retourner, ne fût-ce que pour un jour, chez un des plus grands ennemis de la Russie ?

Il y a des situations de la vie devant lesquelles s'effacent toutes les convenances sociales, toutes les considérations politiques, et Ammalat était dans une de ces situations-là.

Quelque chose qui pût en arriver, j'étais résolu à lui accorder sa demande.

Je le serrai dans mes bras : nos larmes se mêlèrent.

– Ami, lui dis-je, va où ton cœur t'appelle ; Dieu permette qu'où tu vas tu portes la santé et la tranquillité de l'âme ! Bon voyage, Ammalat !

– Adieu, mon bienfaiteur, s'écria-t-il ; adieu pour toujours, peut-être ! Si Dieu me prend Sultanetta, il me prendra en même temps la vie. Adieu, et qu'Allah vous garde !

Et il partit au galop, descendant la montagne avec la rapidité du rocher qui se précipite dans la vallée.

Quant au blessé, je le fis mettre en selle, et, en conduisant mon cheval par la bride, je le ramenai à Derbend.

Ainsi donc, voilà la vérité : il aime.

Oui, je comprends ton objection, chère Marie ; mais khan Ackmeth est l'ennemi des Russes. Gracié par l'empereur, il nous a trahis. Il n'y a d'alliance possible, entre Ammalat et lui, que si Ammalat nous trahit à son tour ou si Ackmeth-Khan se décide à rester neutre.

Il ne faut pas croire à l'une de ces choses, il ne faut pas espérer l'autre.

Que veux-tu ! j'ai tant souffert de l'amour, moi-même, chère Marie ! j'ai tant versé de larmes sur mon oreiller ! j'ai si souvent envié le repos des morts, la tranquillité de la tombe pour refroidir mon pauvre cœur, que je n'ai pas la force contre les mêmes souffrances. Ne dois-je pas plaindre un jeune homme que j'aime tendrement de ce qu'il aime follement, lui ? Par malheur, ma pitié n'est point un pont qui puisse le conduire au bonheur. S'il n'avait pas aimé, peut-être eût-il oublié peu à peu.

Il est vrai, et il me semble que c'est ta douce voix qui me fait cette observation, il est vrai que les circonstances peuvent changer pour eux, comme elles ont changé pour nous. Est-ce que le malheur seul peut être éternel en ce monde ?

Je ne dis rien, mais je soupçonne... mais je crains pour eux, et qui sait ! peut-être pour nous.

Nous sommes trop heureux, ma bien-aimée Marie ! l'avenir nous sourit, l'espoir nous chante ses plus douces chansons. Mais l'avenir ! c'est la mer calme aujourd'hui, orageuse demain ! mais l'espoir, c'est la sirène. Oui, sans doute, tout est prêt pour notre réunion ; mais sommes-nous réunis ?

Je ne comprends pas pourquoi, de temps en temps, une crainte traverse ma poitrine comme un fer glacé. Je ne sais pas pourquoi il me semble que cette séparation, près de cesser, durera éternellement.

Oh ! toutes ces transes, toutes ces terreurs, toutes ces angoisses disparaîtront, sois tranquille, ma bien-aimé, du moment que je presserai ta main contre mes lèvres, ton cœur contre mon cœur.

À bientôt, ma bien-aimée ! à bientôt !

IV

Le soir du même jour, le cheval d'Ammalat s'abattit sous lui pour ne plus se relever.

Il en prit un autre, et continua sa course sans songer à boire ni à manger. Le second jour, il apercevait Khuntsack.

Il était onze heures du matin. Depuis vingt-quatre heures, il était parti.

Plus il avançait, plus ses terreurs redoublaient.

Trouverait-il sa bien-aimée Sultanetta vivante ou morte ?

Tout son corps frissonna lorsqu'il aperçut les tours du palais du khan.

Il ne pouvait rien voir, rien deviner.

« Que trouverai-je là-bas ? se demanda-t-il ; la vie ou la mort ? »

Et, du fouet et des genoux, il pressait son cheval.

Un cavalier marchait devant lui, armé pour le combat ; un autre cavalier venait à la rencontre de celui-ci par le chemin de Khuntsack.

Dès qu'ils furent à distance de se reconnaître, tous deux partirent au galop pour se joindre.

Étaient-ce deux amis ou deux ennemis ?

La haine seule a les ailes de l'aigle : c'étaient deux ennemis.

Dans leur course, chacun tira son sabre ; en se rencontrant, tous deux se frappèrent.

Ni l'un ni l'autre ne prononça un seul mot. Les étincelles qui volaient de leurs schaskas ne parlaient-elles pas pour eux ?

Ammalat-Beg, dont ils barraient le chemin, les regardait avec étonnement.

Au reste, le combat fut court. Le cavalier qui venait du même côté qu'Ammalat-Beg tomba renversé en arrière sur la croupe de son cheval, et de la croupe de son cheval sur le rocher.

Il avait la tête fendue jusqu'aux yeux.

Le vainqueur essuya tranquillement son sabre, et, s'adressant à Ammalat :

– Tu es le bienvenu, dit-il, sois témoin.

– Je suis témoin de la mort d'un homme, dit Ammalat. En quoi cela peut-il te convenir ?

– Cet homme m'avait offensé. Ce n'est pas moi qui l'ai tué, c'est Dieu. Ta présence me convient en ce que l'on ne pourra pas dire que je l'ai assassiné dans une embuscade, et m'assassiner de la même façon. C'était un combat, n'est-ce pas ?

– Oui, sans doute, répondit Ammalat.

– Et tu l'affirmeras au besoin ?

– Puisque c'est la vérité.

– Merci ; voilà tout ce que je voulais de toi. Je ne te demande pas ton nom, je te connais. Tu es le neveu du chamkal Tarkovsky.

– Mais pourquoi vous êtes-vous querellés ? demanda Ammalat. Vous étiez donc ennemis mortels, que vous vous êtes battus avec cet acharnement ?

– Nous étions ennemis mortels, tu l'as dit. Nous avions pris vingt moutons ensemble : dix me revenaient, dix à lui. Il ne voulut pas me rendre les miens et les tua tous pour qu'ils ne profitassent à personne ; puis il calomnia ma femme. Il eût mieux fait, le malheureux, de maudire la tombe de mon père et le nom de ma mère que de toucher à l'honneur de ma femme. Je me jetai sur lui avec mon poignard, mais on nous sépara. Alors nous convînmes, partout où nous nous rencontrerions, de nous battre à mort. Nous nous sommes rencontrés, il est mort ; Allah a gardé la bonne cause... Tu vas probablement à Khuntsack, chez le khan ? demanda le cavalier après un moment de silence.

– Oui, répondit Ammalat en faisant sauter son cheval par-dessus le cadavre du mort.

– L'heure est mauvaise, beg, dit le cavalier en secouant la tête.

Tout le sang d'Ammalat reflua vers son cœur. Il faillit tomber de son cheval.

– Y a-t-il quelque malheur dans la maison du khan Ackmeth ? demanda-t-il.

– Sa fille Sultanetta était bien malade.

– Et... elle est morte ?... s'écria Ammalat pâlissant.

– Peut-être oui. Lorsque, il y a une heure, j'ai passé devant la maison, tout le monde courait. Sur le perron et dans le vestibule, les femmes pleuraient comme si les Russes avaient pris Khuntsack. En tout cas, si tu veux la voir vivante, hâte-toi.

Mais Ammalat ne pouvait plus entendre, il était parti au grand galop ; on voyait seulement la poussière soulevée par les pieds de son cheval. Il franchit la colline qui le séparait encore du village, s'élança dans les rues, s'engouffra dans la cour, sauta à bas de son cheval, et, tout haletant, bondit du perron jusqu'à la chambre de Sultanetta, renversant tout ce qu'il rencontrait sur son chemin, noukers et servantes, et, sans faire attention ni au khan ni à sa femme, il repoussa la tapisserie ; et, presque sans connaissance, vint s'abattre à genoux devant le lit de Sultanetta.

L'arrivée inattendue d'Ammalat fit jeter un cri à tous ceux qui se trouvaient dans la chambre.

À ce cri, Sultanetta, pâle, mourante, presque inanimée déjà, tressaillit au fond de son délire. Ses joues brûlaient d'un coloris trompeur. Pareille à la feuille d'automne qui rougit et qui tombe, dans ses yeux brillaient à peine les dernières étincelles de l'âme près de s'éteindre. Depuis plusieurs heures déjà, vaincue par sa faiblesse, elle était sans mouvement et sans voix ; mais au milieu de tous les cris, elle avait reconnu la voix d'Ammalat.

La vie, près de s'envoler, s'arrêta, comme la flamme tremblante d'une bougie se fixe au moment où l'on croyait qu'elle allait s'éteindre.

– Est-ce toi ? murmura-t-elle en étendant les mains vers Ammalat.

– Elle parle ! elle parle ! s'écria Ammalat.

Et tous restèrent la bouche ouverte, la respiration suspendue.

– Allah soit béni ! continua-t-elle, je meurs contente, je meurs heureuse.

Et elle se laissa retomber sur son lit.

Cette fois-ci, ce fut un cri de désespoir ; on la crut morte.

Un sourire avait scellé ses lèvres ; ses yeux s'étaient refermés, elle avait de nouveau perdu connaissance.

Ammalat, désespéré, l'avait prise dans ses bras ; il n'écoutait ni les questions du khan, ni les reproches de sa femme.

Il fallut employer la force pour l'arracher de ce lit et le faire sortir de la chambre. Couché près de la porte, se roulant sur le parquet, sanglotant, tantôt suppliant Allah de sauver Sultanetta, tantôt accusant le ciel et lui reprochant la maladie de celle qu'il aimait ; sa douleur, que ne tempérait pas la résignation chrétienne, était terrible ; c'était celle du tigre, avec ses menaces et ses rugissements.

Ce qui eût dû tuer la malade la sauva.

Ce que la science des médecins montagnards n'avait pu faire, le hasard le fit. Il fallait, par quelque violente secousse, réveiller l'activité glacée de la vie ; elle allait mourir, non plus de la maladie, mais de la faiblesse qui la suivait, pareille à une lampe qui va s'éteindre, non pas sous la violence du vent, mais par manque d'air.

Enfin, la jeunesse prit le dessus. Cette émotion si violente réveilla la vie au fond du cœur de la mourante, et, après un long et calme sommeil, elle se réveilla avec une portion des forces qu'elle avait perdues et une fraîcheur de sentiment qu'elle n'espérait plus retrouver.

Sa mère était penchée sur son lit, attendant qu'elle la reconnût. Ammalat était caché derrière la tapisserie de la porte ; il avait juré sa parole de ne pas entrer, et le khan se tenait derrière lui, de peur qu'il ne l'oubliât.

Sultanetta poussa un soupir, laissa vaguement errer ses yeux autour d'elle ; enfin, son regard s'arrêta, se fixa, se concentra sur sa mère.

Elle sourit avant de parler.

– Oh ! mère, dit-elle, c'est toi. Si tu savais comme je me sens légère ! Est-ce qu'il me serait poussé des ailes ? Que c'est doux, de dormir après une longue veille, de se reposer après une grande fatigue ! Comme le jour est gai ! comme la lumière est brillante ! comme le soleil est beau ! Les murs mêmes de la chambre semblent sourire. Oh ! j'étais bien malade, j'ai été longtemps malade, n'est-ce pas ?

Puis, avec un soupir et en essuyant son front encore humide de sueur :

– Oh ! j'ai beaucoup souffert, dit-elle. Maintenant, gloire à Allah !

je ne suis plus que faible ; mais je sens que cette faiblesse passe bien vite. On dirait un collier de mes perles qui roule dans mes veines. Oh ! que c'est étrange ! Je vois tout ce qui s'est passé comme un brouillard. J'ai rêvé que je m'enfonçais dans une mer glacée, et cependant la soif me brûlait. Alors, au loin, dans la vapeur, j'ai vu deux étoiles. Mais elles tremblaient, devenaient de plus en plus sombres et menaçaient de s'effacer ; j'enfonçais toujours, de plus en plus attirée par une force irrésistible. Tout à coup, une voix m'appela par mon nom, qui me soulevait hors de ce gouffre sombre et froid. Alors j'ai vu apparaître, au milieu du premier rayonnement du jour, le visage d'Ammalat. Aussitôt les étoiles devinrent plus brillantes, et un éclair, comme un serpent de flamme, me mordit au cœur. Il me semble qu'alors je m'évanouis, car je ne me souviens plus de rien.

Ammalat, le cœur oppressé, les joues baignées de larmes silencieuses, les yeux et les mains au ciel, écoutait, et, tout en écoutant, murmurait une prière d'actions de grâces.

Il fit un mouvement pour se précipiter dans la chambre au moment où la jeune fille prononçait son nom.

Mais Ackmeth-Khan, aussi ému que lui, pleurant comme lui, lui dit tout bas :

– Demain, demain.

Le lendemain, en effet, on permit à Ammalat de voir la malade.

Ce fut Ackmeth-Khan qui l'introduisit près d'elle, acquittant ainsi sa promesse.

– Que tout le monde soit content quand je le suis, dit-il.

On avait prévenu Sultanetta ; mais son émotion n'en fut pas moins profonde lorsque son regard rencontra celui d'Ammalat, qu'elle aimait tant et qu'elle attendait depuis si longtemps !

Les deux amants ne purent prononcer une seule parole ; mais leurs yeux se dirent mutuellement tous les sentiments de leur cœur. Sur les joues pâles de l'un et de l'autre, ils virent l'empreinte de la douleur, la trace des larmes. Certes, la fraîche beauté de la femme qu'on aime est pleine de charmes ; mais cette pâleur maladive qui vient de la séparation est encore plus douce aux yeux de l'amant. Un cœur de granit se fond sous un regard plein de larmes qui dit sans reproches :

– Je suis heureuse ; j'ai tant souffert pour toi et par toi !

Ces quelques mots firent jaillir les larmes des yeux d'Ammalat ; se souvenant qu'il n'était pas seul, il fit un effort sur lui-même, releva la tête, mais sa voix resta rebelle, et ce fut avec grand-peine qu'il parvint à dire ce peu de mots :

– Il y a bien longtemps que nous ne nous sommes vus, Sultanetta !

– Et nous avons bien manqué ne plus nous revoir, Ammalat, répondit Sultanetta. Nous avons bien manqué d'être séparés pour toujours.

– Pour toujours ! reprit Ammalat d'un ton de reproche. Tu as pu penser cela, croire cela, quand il existe un autre monde où l'on revoit les êtres que l'on a aimés dans celui-ci ! Oh ! si j'eusse perdu le talisman de mon bonheur, avec quel mépris j'eusse rejeté ce haillon qu'on appelle la vie ! Oh ! je n'eusse pas lutté longtemps, va. Être vaincu, c'était te rejoindre.

– Alors, pourquoi ne suis-je pas morte ? dit en souriant Sultanetta. Tu fais l'autre vie si belle, qu'elle vaut mieux que celle-ci, Ammalat, et que j'y voudrais passer le plus vite possible.

– Oh ! non, non, Sultanetta, ne fais pas ce vœu impie. Tu dois vivre longtemps pour le bonheur...

Il allait ajouter : pour l'amour ; il s'arrêta.

Peu à peu les roses de la santé reparurent sur les joues de la jeune fille. L'haleine du bonheur les faisait éclore.

Au bout de huit jours, les choses avaient repris leur cours ordinaire, et tout allait comme avant qu'Ammalat eût quitté Khuntsack.

Khan Ackmeth demandait à Ammalat des détails sur le nombre et la situation des troupes russes.

La khanesse le questionnait sur les modes et les parures des femmes, et, chaque fois qu'Ammalat lui répétait que les femmes ne portaient ni pantalons ni voiles, elle invoquait le saint nom d'Allah.

Assuré que la santé revenait à Sultanetta, Ammalat commençait à s'assombrir. Souvent, au milieu d'une vive et tendre conversation, il s'arrêtait, laissait tomber sa tête sur sa poitrine, et ses yeux se remplissaient de larmes. De profonds soupirs semblaient déchirer sa poitrine. Tantôt il bondissait de sa place, comme si l'étincelle électrique l'eût touché. Ses yeux lançaient les flammes de la colère, et, avec un froid sourire, il caressait la poignée de son kandjar. Puis, comme vaincu sous une étreinte invisible, il gémissait, devenait pensif, et même Sultanetta ne pouvait le tirer de sa rêverie.

Une seule fois, en pareille situation, les amants étant tout à fait seuls, Sultanetta, couchée sur son épaule, lui dit :

– Tu es triste, mon pauvre cœur ! tu t'ennuies près de moi !

– Oh ! ne fais pas un pareil reproche à celui qui t'aime plus que le ciel, lui dit Ammalat. Mais j'ai déjà goûté de l'enfer de la séparation et je ne puis y penser sans douleur. Oh ! c'est que j'aime mieux cent fois mourir que de te quitter encore, ma belle Sultanetta.

– Me quitter ! tu parles de me quitter ! Mais, du moment que tu peux supposer une séparation, c'est que tu la désires.

– Oh ! n'envenime pas encore ma blessure par le soupçon. Sultanetta, jusqu'à présent, tu n'as su qu'une chose : fleurir comme une rose, voltiger comme un oiseau. Jusqu'à présent, bienheureuse enfant, ta volonté a été ton seul guide ; mais, moi, je suis un homme ; je ne suis pas libre. La fatalité m'a mis au cou une chaîne de diamant, et le bout de cette chaîne est aux mains d'un homme, d'un ami, d'un bienfaiteur. Le devoir, la reconnaissance, me rappellent à Derbend.

– Une chaîne ! un ami ! un bienfaiteur ! le devoir ! la reconnaissance ! Oh ! Ammalat ! combien de mots te faut-il pour couvrir ton désir de me quitter ? Mais, avant de vendre ton âme à l'amitié, ne l'avais-tu pas donnée à l'amour ? Tu n'avais pas le droit d'engager ce qui ne t'appartenait plus, Ammalat. Oh ! oublie ton Verkovsky, oublie tes amis russes et tes belles dames de Derbend ; oublie la guerre, oublie la gloire. Je déteste le sang, depuis que j'ai vu couler le tien. Que te manque-t-il dans nos montagnes pour une vie tranquille et commode ? On ne viendra pas t'y chercher. Mon père a beaucoup de chevaux et beaucoup d'argent ; moi, j'ai beaucoup d'amour. N'est-ce pas vrai que tu ne pars pas ? n'est-ce pas vrai que tu restes près de moi ?

– Non, Sultanetta, je ne peux pas, je ne dois pas rester. Vivre et mourir avec toi, voilà ma première prière, voilà mon premier désir ; mais tout cela dépend de ton père. J'allais mourir, pour avoir écouté

Ackmeth-Khan, et d'une mort infâme et cruelle. Un Russe m'a sauvé la vie. Puis-je donc maintenant épouser la fille de l'ennemi acharné des Russes ? Que ton père me laisse faire sa paix avec eux, Sultanetta, et je serai le plus heureux des hommes.

– Tu connais mon père, répondit tristement Sultanetta. De jour en jour, sa haine contre les Russes augmente, si c'est possible. Il nous sacrifiera tous les deux à cette haine. Ajoute à cela que le malheur a voulu que le colonel tuât son nouker, qu'il avait envoyé chercher le médecin Ibrahim.

– Oui, Sultanetta, je regrette comme toi la mort de cet homme. Et cependant c'est à cette circonstance que j'ai dû de savoir ce qui se passait ici, que j'ai dû de te revoir. Si cet homme vivait, Sultanetta, c'est toi qui serais morte.

– Eh bien, tente la fortune près de mon père.

– Crois-tu que j'en sois à mon premier essai ? Hélas ! chaque fois que j'ai parlé à Ackmeth-Khan de mes espérances : « Fais serment d'être l'ennemi des Russes, m'a-t-il répondu, et alors je t'écouterai. »

– Ce qui veut dire qu'il faut renoncer à l'espoir.

Le jeune homme se rapprocha de Sultanetta et la pressa plus étroitement sur son cœur.

– Pourquoi dire adieu à l'espoir ? demanda-t-il ; es-tu donc enchaînée à l'Avarie ?

– Je ne te comprends pas, dit la jeune fille en fixant sur lui des yeux limpides et interrogatifs.

– Aime-moi plus que tout au monde, Sultanetta, plus que ton père, plus que ta mère, plus que ta patrie, et alors tu me comprendras. Sultanetta, je ne puis pas vivre sans toi, et l'on me défend de vivre avec toi. Si tu m'aimes, Sultanetta...

– Si je t'aime ! reprit la jeune fille fièrement.

– Fuyons d'ici, Sultanetta, quittons Khuntsack.

– Fuir ! répéta-t-elle. Oh ! mon Dieu ! la fille du khan fuir comme une prisonnière, comme une coupable, comme une criminelle ! C'est affreux ! c'est inouï ! c'est impossible.

– Ne me dis pas cela, Sultanetta. Si le sacrifice est grand, mon amour est immense. Ordonne-moi de mourir, à moi, je mourrai et avec le plus profond mépris de la vie. Veux-tu plus que ma vie ? veux-tu mon âme ? Je la jetterai au plus profond de l'enfer sur un mot de toi. Tu es fille du khan ; mais mon oncle, lui aussi, porte la couronne d'une principauté. Mais, moi aussi, je suis prince, et, je te le jure, Sultanetta, digne de toi.

– Mais la vengeance de mon père, tu l'oublies, malheureux.

– Avec le temps, il l'oubliera lui-même ; en voyant combien je t'aime, en apprenant que tu es heureuse, il pardonnera. Son cœur n'est pas de pierre ; nos caresses l'amolliront, nos larmes le feront fondre, et alors, Sultanetta, le bonheur nous couvrira de ses ailes d'or, et alors nous dirons avec orgueil : « C'est à notre volonté que nous devons d'être heureux. »

– Mon bien-aimé, dit Sultanetta en secouant tristement la tête, j'ai peu d'expérience encore ; mais sais-tu ce que me dit mon cœur ? On n'est pas heureux par l'ingratitude et la tromperie. Attendons, puisque nous ne pouvons faire autrement sans que l'un de nous sacrifie son bonheur, et nous verrons ce qu'il plaira à Allah de nous envoyer.

– Allah m'a envoyé cette pensée ; il ne fera rien de plus pour nous. Aie pitié de moi, Sultanetta ; fuyons, si tu ne veux pas que l'heure du mariage sonne sur ma tombe. J'ai donné ma parole de retourner à Derbend, je dois tenir ma parole, et surtout je dois la tenir promptement. Mais partir sans espérance de te revoir, avec l'angoisse de te savoir un jour la femme d'un autre, c'est affreux, insupportable, impossible. Si ce n'est pas par amour, Sultanetta, que ce soit par pitié pour moi. Partage mon sort, ne me chasse pas de mon paradis, ne me fais pas perdre la raison. Tu ne sais pas jusqu'à quel point de folie une passion trompée peut emporter un cœur comme le mien. Je puis tout oublier, tout fouler aux pieds, la sainteté du foyer, l'hospitalité de tes parents. Je puis étonner les bandits les plus renommés par le sanglant éclat de mon nom. Je puis faire pleurer les anges du ciel à la vue de mes crimes. Sultanetta, sauve-moi de la malédiction des autres, sauve-moi de ton propre mépris. La nuit est tombée, mes chevaux sont rapides comme le vent ; fuyons dans la bienfaisante Russie et attendons-y que l'orage soit passé. Pour la dernière fois, je t'implore à genoux, les mains jointes. La honte ou la gloire, la vie ou la mort, tout est dans un seul mot de toi : oui ou non.

Retenue d'un côté par son effroi virginal et le respect des usages pour les ancêtres, entraînée de l'autre par l'amour et l'éloquence fougueuse de son amant, Sultanetta flottait incertaine sur cette mer orageuse dont chaque vague était une passion ; enfin, elle se releva, et, essuyant les larmes qui brillaient à ses longues paupières, avec autant de fierté que de résolution, elle dit :

– Ammalat, ne me tente pas ; la flamme de l'amour, si brillante qu'elle soit, n'éblouira point mes yeux ; je saurai toujours distinguer ce qui est mal de ce qui est bien, ce qui est mauvais de ce qui est bon. Il est lâche, Ammalat, d'abandonner sa famille et de payer par l'ingratitude les longs soins et la tendresse infinie des parents qui nous ont élevés. Eh bien, maintenant, juge si je t'aime, Ammalat : tout en sachant l'étendue de mon sacrifice, tout en mesurant l'étendue de mon crime, – car ne te dissimule pas que c'est un crime que je commets –, eh bien, Ammalat, je te réponds : Oui ! et je te dis : Mon bien-aimé, je consens à fuir avec toi, car je te mets au-dessus de tous les biens et de toutes les vertus du monde. Je suis à toi, Ammalat. Mais sache bien ceci : ce ne sont point tes paroles qui m'ont séduite, c'est ton cœur. Allah fit que je te rencontrai et que je t'aime ; que nos cœurs soient donc liés de cette heure à toujours, quoique le lien qui les réunit soit une branche d'épine ! Tout est fini, Ammalat, nous n'avons plus qu'une destinée, qu'un cœur, qu'une vie, qu'un avenir. Partons !

Si le ciel lui-même eût couvert Ammalat de ses voiles d'azur en le rapprochant du soleil, il n'eût pas été plus heureux qu'il ne l'était au moment où ce consentement si dévoué, si complet, si tendre, tomba de la bouche de Sultanetta.

Tout fut, à l'instant même, arrêté pour la fuite des deux amants.

Le lendemain au soir, Ammalat partirait pour une grande chasse qui serait censée durer trois jours ; mais, le même soir, il reviendrait. La nuit était favorable, étant obscure. Sultanetta descendrait par sa fenêtre avec deux ceintures nouées l'une au bout de l'autre : Ammalat la recevrait dans ses bras.

Des chevaux les attendront dans la petite chapelle où Sultanetta et Ammalat se sont revus après la chasse au tigre.

Et alors malheur à l'ennemi qui se rencontrera sur le route et qui essaiera de leur barrer le chemin !

Un baiser scella cette promesse, et ils se séparèrent, craintifs et joyeux à la fois.

Ce lendemain tant désiré arriva. Ammalat visita son cheval, prépara ses armes, et passa le jour tout entier à interroger le soleil.

On eût dit que lui aussi, l'astre aux rayons d'or, hésitait dans sa course et ne voulait pas quitter ce beau ciel tiède et brillant pour s'enfoncer dans les neiges du Caucase.

Ammalat attendait la nuit comme une fiancée.

Oh ! comme ce soleil était lent ! comme ce voyageur du ciel tardait sur son chemin lumineux, et quel profond abîme restait encore entre le désir et le bonheur !

Quatre heures de l'après-midi sonnèrent : cette heure est celle du dîner des musulmans. On se réunit autour du tapis ; mais Ackmeth-Khan était bien triste.

Ses yeux brillaient sous ses sourcils froncés. Souvent il les arrêtait tantôt sur sa fille, tantôt sur son hôte. Parfois les traits de son visage se contractaient, et sa physionomie devenait moqueuse. Mais cette expression disparaissait bientôt dans la pâleur de la colère. Ses questions étaient courtes et railleuses, et chaque chose faisait naître le repentir dans le cœur de Sultanetta et la crainte dans l'esprit d'Ammalat.

Quant à la mère de Sultanetta, comme si elle eût prévu cette séparation dont elle était menacée, elle était plus tendre et plus prévoyante encore que d'habitude, et Sultanetta faillit plus d'une fois éclater en sanglots et se jeter dans les bras de sa mère.

Après le dîner, le khan Ackmeth appela Ammalat dans la cour. Les chevaux étaient déjà sellés pour la chasse. Quatre noukers, qu'Ammalat avait fait venir, attendaient, mêlés avec les noukers du khan.

– Allons essayer mon nouveau faucon, dit le khan à Ammalat. La soirée est belle, il ne fait pas trop chaud, et, d'ici à la nuit, nous pourrons encore prendre quelques faisans ou quelques francolins.

Ammalat ne pouvait qu'obéir ; il fit de la tête un signe d'assentiment, et sauta sur son cheval.

Khan Ackmeth et le jeune beg marchaient l'un à côté de l'autre : Ammalat pensif, khan Ackmeth muet. À gauche, et par un rocher escarpé, gravissait un montagnard. Ses pieds étaient armés de crampons de fer avec lesquels il s'accrochait aux aspérités du rocher, en s'aidant, outre cela, d'une griffe de fer scellée à l'extrémité de son bâton.

Un chapeau plein de blé était attaché devant lui à sa ceinture.

Un long fusil tatar était suspendu en travers sur ses épaules.

Khan Ackmeth s'arrêta, et, le montrant à Ammalat :

– Regarde ce vieillard, lui dit-il ; au péril de sa vie, il cherche au milieu de ces rochers un petit coin de terre où semer du blé. Ce blé, il le moissonne avec une sueur de sang, et souvent ce n'est qu'au prix de son sang encore qu'il défend son troupeau contre les hommes et contre les bêtes féroces. Sa patrie est pauvre. Eh bien, demande-lui, Ammalat, pourquoi il aime tant sa patrie, pourquoi il ne la change pas pour un pays plus riche. Il te répondra : « Ici, je suis libre ; ici, je ne dois de tribut à personne ; ces neiges gardent ma fierté et mon indépendance. » Cette indépendance, les Russes veulent la lui prendre, et toi, Ammalat, tu es devenu l'esclave des Russes.

– Khan, répondit le jeune homme en relevant la tête, tu sais très bien que j'ai été vaincu, non par la force des Russes, mais par leur bonté. Je ne suis pas leur esclave, je suis leur ami.

– Eh bien, c'est encore plus honteux pour toi : l'héritier du chamkal cherche une chaîne d'or ! Ammalat-Beg vit aux dépens du colonel Verkovsky !

– Ne parle pas ainsi, Khan Ackmeth. Verkovsky, avant de me donner le pain et le sel, m'a donné la vie. Il m'aime, je l'aime. Que cela reste dit une fois pour toutes, et n'en parlons plus.

– Il n'y a pas d'amitié possible avec les giaours. Les combattre quand on les rencontre, les exterminer quand l'occasion s'en présente, les tromper quand on peut, voilà les lois du Coran et le devoir d'un vrai sectateur du Prophète.

– Khan, ne joue pas avec les os de Mahomet : tu n'es pas un mollah, pour me dicter mon devoir. Je sais ce que j'ai à faire comme homme d'honneur, et je le ferai. J'ai en moi le sentiment du juste et de l'injuste. Parlons d'autre chose.

– Ce sentiment, Ammalat, mieux vaudrait que tu l'eusses dans le cœur que sur les lèvres.

Ammalat fit un mouvement d'impatience.

Mais, sans s'inquiéter de ce mouvement, qu'il avait parfaitement remarqué :

– Une dernière fois, Ammalat, lui dit khan Ackmeth, veux-tu écouter les conseils d'un ami ? veux-tu abandonner les giaours et rester avec nous ?

– J'aurais donné ma vie pour le bonheur que tu m'offres, khan Ackmeth, dit le jeune homme avec un accent de conviction auquel il n'y avait point à se tromper ; mais j'ai juré de retourner à Derbend, et je tiendrai mon serment.

– C'est donc ton dernier mot ?

– C'est le dernier.

– Alors, ce serment, Ammalat, il faut le tenir au plus vite. Je te connais depuis longtemps, tu me connais aussi. Nous ne devons même pas essayer de nous tromper l'un l'autre. Je ne te cacherai pas que je nourrissais l'espoir de t'appeler mon fils. J'étais heureux que tu aimasses Sultanetta. Ta captivité pesa sur mon cœur, ta longue absence fut un des chagrins de ma vie. Enfin, tu es revenu à la maison du khan, et tu y as tout retrouvé comme avant ton absence. Seulement, tu ne nous as pas apporté ton cœur, toi. C'est fâcheux ; mais que faire ? Ammalat, je n'aurai jamais pour gendre l'esclave des Russes.

– Ackmeth-Khan !

– Oh ! laisse-moi finir. Ton arrivée inattendue, ta douleur dans la chambre de Sultanetta, tes cris, tes sanglots, ton désespoir découvrirent à tout le monde ton amour et nos intentions. On te connaît dans toute l'Avarie comme le fiancé de ma fille ; mais, maintenant que le lien qui nous attachait l'un à l'autre est rompu, il faut couper court à toutes les suppositions : pour la tranquillité, pour la réputation de Sultanetta, tu dois nous quitter à l'instant même. Ammalat, nous nous séparons encore amis, mais nous ne nous reverrons que comme parents. Qu'Allah, dans sa bonté, change ton cœur, et que nous te revoyions comme un inséparable ami. Voilà mon vœu le plus cher, ma prière la plus ardente ; mais, jusqu'à cette heure, adieu !

Et, en faisant faire volte-face à son cheval, sans ajouter un mot de plus, Ackmeth-Khan partit au grand galop.

Le tonnerre, tombant aux pieds d'Ammalat et y ouvrant un abîme, ne l'eût pas plus épouvanté que ne le firent ces derniers mots d'Ackmeth-Khan. Immobile, anéanti, il regardait, sans mouvement, sans haleine, ce cheval et ce cavalier, qui n'étaient déjà plus qu'un nuage de poussière.

Une heure après, il était encore à la même place ; mais alors la nuit était venue.

La nuit était sombre.

V

Pour arrêter la révolte du Daghestan, le colonel Verkovsky était avec son régiment dans le village de Kiaffir-Koumieck.

La tente d'Ammalat-Beg se trouvait à côté de celle du colonel. Sophyr-Ali, ce jeune frère de lait d'Ammalat que nous avons vu apparaître au commencement de ce récit, était couché dans cette tente et y buvait à plein verre de ce vin mousseux qu'on appelle le champagne du Don.

C'était le colonel Verkovsky qui avait fait revenir de Tarky ce jeune homme, espérant que sa vue et son amitié distrairaient Ammalat-Beg de sa mélancolie.

En effet, Ammalat-Beg était devenu plus que mélancolique, il était sombre.

Maigre, pâle, rêveur, il se tenait au fond de sa tente, couché sur des coussins, et fumait.

Depuis trois mois, chassé comme le premier pêcheur du paradis, il était venu rejoindre le colonel, et campait avec son régiment.

En vue de ces montagnes où volait son cœur, mais qui étaient interdites à son pied, il se rongeait lui-même ; la colère, comme une flamme mal éteinte, se rallumait dans son âme, au premier mot. Le fiel, pareil à un lent et irrésistible venin, se répandait de plus en plus dans ses veines. L'amertume était sur ses lèvres, la haine dans ses yeux.

– Par ma foi, dit Sophyr-Ali, le vin est une bonne chose ! Il faut, pour qu'il nous ait défendu d'en boire, que Mahomet n'en ait goûté que de mauvais. Vraiment, les gouttes de celui-ci sont si douces, que c'est à croire que les larmes d'un ange sont tombées dans cette bouteille. Prends un verre et bois, Ammalat. Ton cœur nagera sur le vin, léger comme un liège. Tu sais ce que Hafiz, le poète persan, en a dit.

– Je sais que tu m'assommes, Sophyr-Ali. Je t'engage donc à m'épargner tes sottises, les misses-tu sur le compte non seulement de Hafiz, mais même de Saadi.

– Ammalat, Ammalat, tu es bien sévère pour ton pauvre Sophyr-Ali. Qu'arriverait-il, s'il était aussi sévère pour toi, lui ? Est-ce qu'il ne t'écoute pas patiemment, lui, quand tu lui parles de ta Sultanetta ? L'amour te rend fou ; moi, c'est le vin. Seulement, ma folie a des intervalles lucides, ceux où je ne suis pas ivre ; la tienne, à toi, n'en a pas : tu es toujours amoureux. À la santé de Sultanetta !

– Je t'ai déjà dit que je te défendais de prononcer son nom, surtout quand tu es ivre.

– Alors, à la santé des Russes !

Ammalat haussa les épaules.

– Bon ! dit Sophyr-Ali, qui se grisait de plus en plus, voilà que tu vas me défendre de boire à la santé des Russes, maintenant !

– Que t'ont-ils donc fait, les Russes, pour que tu les aimes tant ?

– Que t'ont-ils donc fait à toi, pour que tu les détestes ?

– Ils ne m'ont rien fait, mais je les ai vus de près. Ils ne sont pas meilleurs que nos Tatars. Ils sont cupides, médisants, paresseux. Combien y a-t-il de temps qu'ils sont les maîtres ici, et, depuis qu'ils sont les maîtres, qu'ont-ils fait de bon ? quelles lois y ont-ils introduites ? quelle instruction y ont-ils répandue ? Verkovsky m'a ouvert les yeux sur les mauvais côtés de mes compatriotes, et, en même temps, j'ai vu les défauts des siens, et la chose est d'autant plus impardonnable pour eux, qu'ils ont grandi au milieu de bons exemples. Mais ces bons exemples, ils les oublient ici pour ne s'occuper que des immondes appétits du corps.

– Ammalat, Ammalat, j'espérais que tu excepterais au moins Verkovsky.

– Certes, je l'excepte, lui et quelques autres ; mais, à ton avis même, sont-ils beaucoup dont on puisse en dire autant ?

– Est-ce que l'on ne compte pas aussi les anges dans le ciel ? Non, non, vois-tu : Verkovsky, c'est une merveille de bonté. Tu ne trouveras pas même un Tatar qui dise du mal de lui. Chaque soldat donnerait pour lui son âme. – Abdoul-Dmid, encore du vin ! – À la santé de Verkovsky, Ammalat !

– Dans ce moment-ci, je ne boirai pas même à la santé de Mahomet.

– Et, si ton cœur n'est pas aussi noir que les yeux de ta Sultanetta, tu boiras à la santé de Verkovsky, Ammalat, fût-ce à la barbe du mufti de Derbend, quand même tous les imams et tous les prophètes devraient se soulever contre toi !

– Laisse-moi tranquille.

– Ce n'est pas bien, Ammalat. Pour toi, je saoulerais le diable avec mon propre sang, et toi, et toi, fi donc ! tu refuses de prendre pour moi une goutte de vin.

– Non, Sophyr-Ali, je n'en prendrai pas, et je n'en prendrai pas parce que je n'en veux pas prendre ; et je n'en veux pas prendre, entends-tu ? parce que mon sang est déjà assez chaud comme cela.

– Excuse que tout cela, et même mauvaise excuse ! Ce n'est pas la première fois que nous buvons, n'est-ce pas ? Ce n'est pas la première fois que le sang nous brûle ? Belle merveille, du sang d'Asie ! Dis mieux, sois franc, tu en veux au colonel ?

– Eh bien, oui, je lui en veux.

– Et peut-on savoir pourquoi ?

– Pourquoi ?

– Oui.

– Pour beaucoup de choses.

– Mais enfin ?

– Voilà déjà un temps qu'il commence à verser du poison dans le miel de son amitié. Maintenant, ce poison qu'il a laissé tomber goutte à goutte, goutte à goutte a empli le vase, et voilà que le vase commence à déborder. Je déteste les amis trop tendres : ils sont bons pour les conseils, c'est-à-dire pour tout ce qui ne leur coûte ni peine ni danger.

– Je comprends : il ne t'a pas laissé retourner en Avarie, et tu ne peux pas lui pardonner ce refus.

– Si tu avais mon cœur dans ta poitrine, Sophyr-Ali, tu saurais la cruauté pour moi d'un pareil refus. Ackmeth-Khan s'est attendri, à ce qu'il paraît : il demande à me voir, et je ne puis y aller. Oh ! Sultanetta ! Sultanetta !... s'écria le jeune homme en se tordant les mains de colère.

– À mon tour, je te dirai : Mets-toi à la place de Verkovsky, et dis franchement si tu n'en eusses pas fait autant que lui.

– Non. Dès le commencement, j'eusse dit : « Ammalat, ne compte pas sur moi ; Ammalat, ne me demande pas de t'aider en quelque chose. » Je ne le prie pas de m'aider, moi ; qu'il ne m'empêche pas, seulement. Non, il se place entre moi et le soleil de mon bonheur. Il fait cela par amitié, dit-il ; il me demande de lui abandonner la direction de ma vie... Jus de pavots qu'il me verse pour m'endormir.

– Qu'importe le remède, Ammalat, pourvu que le remède te guérisse.

– Et qui donc le prie de me guérir ? Cette divine maladie de l'amour, la seule dont on veuille mourir, est mon seul bonheur, mon unique joie. S'il l'arrache de ma poitrine, mon cœur suivra.

Au moment où Ammalat achevait ces mots, la nuit était déjà venue, et cependant il put voir que la présence d'un étranger sur le seuil de sa tente rendait l'obscurité plus épaisse.

– Qui va là ? demanda Ammalat.

– Apporte-t-on du vin ? dit Sophyr-Ali. Ma bouteille est vide.

L'ombre s'approcha sans répondre.

– Qui va là ? répéta Ammalat en portant la main à son kandjar.

Un nom, prononcé à voix si basse, qu'il frissonna seulement comme un souffle à son oreille, fit tressaillir Ammalat-Beg :

– Nephtali !

En même temps, l'ombre s'éloigna et sortit de la tente.

Ammalat-Beg bondit sur ses pieds et suivit l'ombre à peine visible dans l'obscurité.

Sophyr-Ali suivit Ammalat.

La nuit était sombre, les feux étaient éteints, la ligne des sentinelles était à une grande distance.

Enfin, l'ombre s'arrêta.

– Est-ce bien toi, Nephtali ? demanda Ammalat.

– Parle bas, Ammalat, répondit celui-ci ; je ne suis pas l'ami des Russes, moi.

– Ah ! dit Ammalat, toi aussi, tu viens ici pour me faire des reproches ? J'aurais cru que tu avais une plus douce mission pour ton frère.

Il lui tendit la main.

Nephtali prit la main d'Ammalat et la serra convulsivement.

Il y avait dans l'amitié du jeune montagnard pour Ammalat quelque chose d'étrange que celui-ci ne s'expliquait pas : on eût dit que, pour l'aimer, le Tchetchène était forcé de se faire violence.

– Parle, insista Ammalat ; quelles nouvelles apportes-tu ? Comment se porte Ackmeth-Khan ? comment se porte Sultanetta ?

– Ammalat, dit Nephtali, je suis envoyé, non pas pour te répondre, mais pour t'interroger. Veux-tu me suivre ?

– Où cela ?

– Où je suis chargé de te conduire.

– Qu'y ferai-je ?

– Tu sais de la part de qui je viens ?

– Non.

– L'aigle aime la montagne.

Ammalat reconnut la parole favorite d'Ackmeth-Khan.

– Tu viens de la part du khan ? lui dit-il.

– Veux-tu me suivre, Ammalat ?

– À quelle distance ?

– À quatre verstes d'ici.

– Devons-nous aller à pied ?

– Es-tu libre de sortir du camp à cheval ?

– Oui. Seulement, pour ne pas éveiller les soupçons, je dois prévenir le colonel.

– C'est-à-dire que tu peux allonger ta chaîne, mais non la quitter. Préviens le colonel.

– Sophyr-Ali, préviens le colonel que nous allons, pour nous distraire, faire une promenade dans la campagne. Donne-moi mon fusil et fais seller mon cheval.

Sophyr-Ali poussa un soupir ; mais, comme sa bouteille était vide, il eut moins de peine à obéir. Au bout d'un instant, on entendit le pas de deux chevaux.

C'était Sophyr-Ali, à cheval, amenant son cheval à Ammalat.

– Tiens, lui dit-il, voilà ton fusil ; j'ai renouvelé l'amorce. Il est en état ; tu peux être tranquille.

– Et pourquoi es-tu venu ?

– Parce que le colonel m'a demandé si j'étais de la promenade, que je lui ai répondu oui, et que, si on te voyait maintenant sortir sans moi, cela ferait un mauvais effet.

Ammalat comprit l'intention du jeune homme : il n'avait pas voulu le laisser seul dans l'obscurité avec un inconnu.

Nephtali était un inconnu pour Sophyr-Ali, Sophyr-Ali eût-il entendu son nom.

– Peut-il venir avec nous ? demanda Ammalat à Nephtali.

– Oui et non.

– Explique-toi.

– Oui, jusqu'à la sortie du camp ; non, jusqu'au rendez-vous.

– Viens, dit Ammalat à Sophyr-Ali.

Et il sauta sur son cheval.

– Et toi ? demanda-t-il à Nephtali.

– Ne t'inquiète pas de moi, Ammalat ; je suis entré au camp sans toi, j'en sortirai bien sans toi.

– Où te retrouverai-je ?

– Ce n'est pas toi qui me retrouveras ; c'est moi qui te retrouverai.

Et Nephtali se perdit dans l'obscurité, sans plus de bruit que n'en fait un fantôme.

Ammalat et Sophyr-Ali marchèrent droit à la première sentinelle, dirent le mot d'ordre et passèrent.

Tous les soirs, le mot d'ordre était communiqué à Ammalat par le colonel Verkovsky. C'était une délicatesse de celui-ci, afin qu'Ammalat comprît bien qu'il n'était prisonnier que sur parole.

À vingt pas de la sentinelle, Ammalat tressaillit malgré lui. Un troisième cavalier marchait à ses côtés. Il avait surgi sans que l'on sût d'où il venait. On eût cru qu'il sortait de terre.

– Eh ! dit Sophyr-Ali, qui va là ?

– Silence ! dit Nephtali.

– Silence ! répéta Ammalat-Beg.

Sophyr-Ali se tut, mais en grommelant ; la seconde bouteille, abandonnée au moment où on allait la lui apporter, lui tenait au cœur. Il se fâchait à chaque pas contre l'obscurité, contre les buissons, contre les fossés. Il toussa, cracha, jura, dans l'espoir de faire parler l'un ou l'autre de ses compagnons ; mais ce fut inutilement : tous deux restèrent muets.

Enfin, après un instant, son cheval ayant buté contre une pierre :

– Que le diable emporte notre conducteur, qui, du reste, m'a bien l'air de venir de sa part ! Qui sait où il nous mène ? Il est capable de nous conduire à quelque embuscade.

– Il n'y a pas de danger, répondit Ammalat ; c'est l'envoyé d'un ami, et mon ami lui-même.

– Oh ! oui, c'est vrai ; tu as bien des amis nouveaux depuis que nous nous sommes quittés, Ammalat... Puissent les nouveaux t'être aussi dévoués que les anciens !

On avait quitté tout chemin tracé et l'on était engagé dans une espèce de pépinière de ces arbustes aux épines entêtées que connaît quiconque a voyagé dans le Caucase.

– Au nom du roi des Esprits, dit Sophyr-Ali à son guide, dis-nous tout de suite si tu es associé avec les buissons pour leur faire arracher les galons de ma tchouska. Ne connais-tu pas un meilleur chemin ? Je ne suis ni un serpent ni un renard.

Nephtali s'arrêta.

– Tu es servi à souhait, dit-il. Ta course est finie ; reste ici à garder les chevaux.

– Et Ammalat ? dit Sophyr-Ali.

– Ammalat vient avec moi.

– Où cela ?

– À ses affaires, apparemment.

– Ammalat, s'écria Sophyr-Ali, iras-tu sans moi dans la montagne avec ce bandit ?

– Ce qui veut dire, répliqua Ammalat en descendant de cheval, que tu ne te soucies pas de rester seul.

Il lui jeta la bride sur le bras.

– Moi, dit Sophyr-Ali, j'aime cent fois mieux être seul ici qu'en la compagnie du drôle qui t'est venu chercher.

– Tu ne seras pas seul, dit Ammalat-Beg en riant : je te laisse dans une aimable société, celle des loups et des chacals... Tiens, les entends-tu chanter ? Écoute !

– Dieu veuille que, demain matin, je ne sois pas forcé de débarrasser tes os de ces chanteurs, dit Sophyr-Ali.

Ils se séparèrent.

En s'éloignant, Ammalat entendit Sophyr-Ali qui, à tout hasard et par précaution, armait son fusil.

Nephtali conduisit Ammalat entre les buissons aussi sûrement que s'il faisait grand jour. On eût dit que le jeune Tchetchène jouissait de la faculté, accordée par la nature à certains animaux, d'y voir aussi bien la nuit que le jour.

Après une demi-verste faite entre les buissons et sur les pierres, le chemin commença de descendre ; enfin, après un passage assez difficile, le chemin devint un peu meilleur, et l'on arriva à l'entrée d'une caverne au fond de laquelle brûlait un feu de branches de buissons.

Ackmeth-Khan était couché près de ce feu, son fusil sur ses genoux.

Au bruit que firent les deux jeunes gens, il se souleva sur sa bourka.

À la rapidité du mouvement, il était facile de juger qu'il attendait avec impatience.

En reconnaissant Ammalat, il se leva tout à fait.

Ammalat se jeta à son cou.

– Je suis content de te voir, Ammalat, dit le khan, et j'ai la faiblesse de ne pas te cacher ce sentiment. Mais je me hâte de te dire que ce n'est pas pour une simple entrevue que je t'ai dérangé. Assieds-toi, Ammalat, et causons d'une affaire sérieuse.

– Pour moi, khan ?

- Pour nous deux. J'ai été l'ami de ton père, Ammalat, et il fut un temps où j'étais le tien.

- Alors, ce temps n'est plus ?

- Non. Il dépendait de toi qu'il durât toujours. Tu ne l'as pas voulu, ou plutôt, non, ce n'est pas toi qui ne l'as pas voulu.

- Qui donc ?

- Ce démon de Verkovsky.

- Khan, tu ne le connais pas.

- C'est toi qui ne le connais pas, mais bientôt tu le connaîtras, j'espère. En attendant, parlons de Sultanetta.

Le cœur d'Ammalat bondit.

- Tu sais que j'ai voulu en faire ta femme, Ammalat ; tu l'as refusée aux conditions auxquelles je te l'offrais. N'en parlons plus ; je présume que tu avais fait toutes tes réflexions, comme doit les faire un homme dans les circonstances sérieuses de la vie. Mais tu comprendras une chose, c'est qu'elle ne peut pas et surtout ne doit pas rester fille. Ce serait une honte pour ma maison.

Ammalat sentit perler la sueur sur son front.

- Ammalat, continua Ackmeth-Khan, on me demande sa main.

Ammalat sentit ses genoux faiblir ; son cœur sembla près de cesser de battre dans sa poitrine.

Enfin, la voix lui revint.

- Et quel est ce hardi fiancé ? demanda-t-il.

- Le second fils du chamkal Abdoul-Moussaline. Après toi, c'est bien certainement, de tous les princes montagnards, le plus digne de devenir l'époux de Sultanetta.

- Après moi ? dit Ammalat. Mais, par Mahomet ! il me semble qu'on parle de moi comme si j'étais mort ; mon souvenir est-il donc tout à fait éteint au cœur de mes amis ?

- Non, Ammalat, ton souvenir n'est pas éteint dans mon cœur, et tout à l'heure je t'ai avoué, à toi-même, que j'avais du plaisir à te revoir ; mais sois aussi franc que je suis sincère, je te fais juge dans ta propre cause : que veux-tu de plus ? que demandes-tu de mieux ? que devons-nous, que pouvons-nous faire ? Tu ne veux pas te séparer des Russes ; je ne puis, moi, devenir leur ami.

– Si, tu le peux. Tu n'as qu'à vouloir, qu'à désirer, qu'à dire un mot, et tout sera oublié, tout sera pardonné. J'y engage ma tête et réponds de la parole de Verkovsky ; et c'est ce qu'il y aura de mieux pour ton bien, pour la tranquillité des Avares, pour le bonheur de Sultanetta, pour le mien. Oh ! je te le demande, je te supplie, je t'implore à genoux, à genoux ! Ackmeth-Khan, sois l'ami des Russes, et tout, jusqu'à ton grade, te sera rendu.

– Tu réponds de la vie des autres, toi qui n'es pas même maître de ta liberté !

– Qui donc a besoin de ma vie, qui s'inquiète de ma liberté, quand je les méprise moi-même ?

– Qui a besoin de ta vie, enfant que tu es ? dis-moi, crois-tu que l'oreiller ne se retourne pas de lui-même sous la tête du chamkal Tarkovsky, lorsqu'il pense que tu es l'héritier de sa principauté de Tarky et que tu es l'ami des Russes ?

– Je n'ai jamais recherché son amitié, je ne l'ai jamais craint comme ennemi.

– Ne crains pas, mais ne méprise pas, Ammalat. Sais-tu qu'un messager a été envoyé à Yermoloff pour lui dire de te tuer comme un traître ? Auparavant, c'eût été par un baiser qu'il t'eût tué s'il avait pu ; mais, aujourd'hui que tu lui as renvoyé sa fille, il ne cache plus sa haine, et ce sera par la balle ou le poignard.

– Sous la protection de Verkovsky, nul ne peut m'atteindre, excepté un assassin. Contre les assassins, qu'Allah me garde !

– Écoute, Ammalat, je vais te dire une fable. Un mouton, poursuivi par les loups, se réfugia dans une cuisine. Il y trouva un abri, fut bien logé, bien nourri ; il se vantait tout haut des soins qu'on avait de lui, et ne s'était jamais trouvé si heureux.

» Trois jours après, il était rôti !

» Ammalat, c'est ton histoire.

» Il est temps que je t'ouvre les yeux. L'homme que tu appelles le premier entre tes amis t'a trahi le premier. Tu es entouré de traîtres, Ammalat. Mon principal désir, en t'appelant à une entrevue, était de t'en prévenir. En me faisant demander la main de Sultanetta, on m'a fait comprendre, de la part du chamkal, que par lui je puis devenir l'ami des Russes beaucoup plus sûrement que par Ammalat, qui est maintenant un objet de défiance même pour ceux qui répondent de lui. D'ailleurs, ceux qui répondent de toi seront bientôt débarrassés de toi. On t'éloigne, et tu n'es plus à craindre. J'ai soupçonné beaucoup, et j'ai su plus que je ne soupçonnais. Aujourd'hui, j'ai arrêté un nouker du chamkal ; il était envoyé à Verkovsky ; sous quel prétexte, je n'en sais rien, et ne m'en suis pas inquiété. Ce dont je me suis inquiété, c'est que le chamkal donne six mille roubles à qui te tuera. Verkovsky n'est pour rien là-dedans, bien entendu ; mais, maître devant le chamkal, il ne sera pas maître devant son gouvernement. Tu es coupable de trahison. Après avoir fait serment aux Russes, tu as été pris les armes à la main. On t'a fait grâce de la vie, soit ; mais il faut bien faire quelque chose de toi. On t'enverra en Sibérie.

– Moi ? s'écria Ammalat.

– Écoute, et vois si je suis bien instruit. Demain, le régiment rentre dans ses quartiers ; demain, une entrevue, où il sera longuement question de toi et de ton sort, se débattra dans ta propre maison de Bouinaky. On amassera contre toi des dénonciations, on réunira un certain nombre de plaintes. On t'empoisonnera avec ton propre pain, Ammalat, et l'on te mettra au cou une chaîne de fer en te promettant des monts d'or.

Si Ackmeth-Khan voulait voir souffrir Ammalat, il eut ce sombre plaisir pendant tout le temps qu'il lui parla. Chaque mot, comme un fer rouge et acéré, s'enfonçait dans le cœur du jeune beg ; toutes ses croyances étaient détruites, si la moitié de ce que lui disait le khan était vraie. Plusieurs fois il voulut parler, l'interrompre, lui répondre : chaque fois, les paroles expirèrent sur ses lèvres. La bête sauvage qui, apprivoisée par Verkovsky, dormait dans Ammalat, s'était réveillée peu à peu aux paroles d'Ackmeth-Khan ; elle secouait déjà sa chaîne, et il s'en fallait de peu qu'elle ne la brisât.

Enfin, un torrent de menaces et de malédictions s'échappa de la bouche du jeune homme.

– Ah ! si tu ne mens pas, s'écria-t-il, ah ! si tu dis vrai, Ackmeth-Khan, malheur à ceux qui auront abusé de ma bonne foi et surpris ma reconnaissance ! Que j'aie la preuve de ce que tu dis, et vengeance, vengeance sur eux !

– Voilà le premier mot digne de toi qui soit sorti de ta bouche,

Ammalat, dit khan Ackmeth n'essayant même pas de dissimuler la joie qu'il ressentait de la colère du jeune prince. Tu as assez courbé la tête sous le pied des Russes. Aigle, il est temps de reprendre tes ailes et de t'envoler au-dessus des nuages. Tu verras mieux tes ennemis de là-haut. Rends vengeance pour vengeance, mort pour mort !

– Oh ! oui ! reprit Ammalat ! mort au chamkal, qui marchande ma vie ! mort à Abdoul-Moussaline, qui étend la main sur mon trésor !

– Oui, sans doute, mort à eux ! mais ne perds pas de vue un autre ennemi que tu exclus de ta vengeance et qui pèse bien autrement sur ta destinée qu'aucun de ceux qui tu viens de nommer.

Un frisson passa dans les veines d'Ammalat.

– Tu veux parler de Verkovsky ? dit-il en faisant malgré lui un pas en arrière. Tu te trompes, khan Ackmeth : il ne peut vouloir ma mort, celui qui m'a sauvé de la mort, et de quelle mort ? d'une mort infâme.

– Pour te rendre une vie infâme, Ammalat. Et toi, ne l'as-tu pas sauvé aussi : une première fois, des défenses d'un sanglier ; une seconde fois, du poignard des Lesghiens ? Fais tes comptes rigoureusement, Ammalat, et c'est Verkovsky qui te redevra.

– Non, non, Ackmeth-Khan, dit le jeune homme en frappant avec force sa poitrine de sa main, non ! il y a une voix, là, qui parle plus haut que la tienne, et qui me dit que je ne suis pas quitte, que je ne serai jamais quitte avec Verkovsky, et cette voix, c'est celle de ma conscience.

Ackmeth-Khan haussa les épaules.

– Ta conscience ! ta conscience ! murmura-t-il. Tiens, Ammalat, je vois bien que, sans moi, tu ne sauras rien faire, pas même épouser Sultanetta. Eh bien, écoute ceci :

» À celui qui voudra devenir mon gendre, la première, la seule, l'unique chose que je demanderai, la chose en échange de laquelle celui-là obtiendra la main de Sultanetta, c'est la vie de Verkovsky. Verkovsky, c'est la tête du Daghestan. Que cette tête-là tombe, et le Daghestan tout entier est décapité. J'ai vingt mille hommes prêts à se lever à un mot de moi. Je descends avec eux, comme l'avalanche, sur Tarky ; et suppose que ce soit toi qui aies mérité la main de

Sultanetta, tu es chamkal non seulement de Tarky, mais encore de tout le Daghestan. Ton sort est entre tes mains comme il n'a jamais été en celles d'aucun homme. Choisis : ou une prison – tout au moins un exil éternel en Sibérie –, ou le bonheur avec Sultanetta, la puissance avec moi. Après cela, peut-être t'ai-je mal jugé, et n'as-tu dans le cœur ni ambition ni amour. Et maintenant, adieu ! mais souviens-toi que la première, la seule fois que nous nous reverrons, ce sera comme parents inséparables ou comme ennemis mortels.

Eh khan Ackmeth, s'élançant hors de la caverne, disparut avant qu'Ammalat eût le temps de songer à le retenir.

Il resta longtemps immobile et muet et la tête inclinée sur sa poitrine. Enfin, il releva le front, regarda autour de lui, et vit Nephtali qui l'attendait.

Sans lui dire un mot, le jeune Tchetchène le conduisit où Sophyr-Ali attendait avec les deux chevaux. Ammalat lui tendit silencieusement la main en signe de remerciement et se sépara de lui, sans même prononcer le nom de Sultanetta.

Puis, toujours muet, il remonta sur son cheval, regagna le camp, rentra dans sa tente et se jeta sur son lit.

Là seulement, il se roula et se tordit avec des cris étouffés et de sourds gémissements.

Tous les serpents de l'enfer lui rongeaient le cœur.

VI

– Veux-tu te taire, fils de louve ? disait une vieille femme à son petit-fils, réveillé et pleurant avant le jour. Tais-toi, ou je t'envoie coucher dans la rue.

La vieille Tatare avait été la nourrice d'Ammalat. Sa maison était bâtie près du palais du beg. C'était un cadeau de son nourrisson.

Nous l'avons entrevue au premier chapitre de cette histoire, regardant avec amour les prouesses d'Ammalat-Beg.

Cette maison où nous conduisons nos lecteurs, à un seul étage et surmontée d'une terrasse, comme toutes les maisons tatares, consistait en deux chambres proprement arrangées. Le plancher était couvert de tapis. Dans les niches des lits de plume avec leurs couvertures, symboles de l'aisance chez les Tatars. Sur les planches pendues contre la muraille étaient placées les tasses de fer-blanc, brillantes comme l'argent, pour le pilau. La figure de la vieille femme exprimait cette mauvaise humeur continue qui est le fruit amer d'une vie solitaire et triste, et, comme une digne représentante de ses compatriotes qu'elle était, elle ne cessait de marmotter et de gronder, à haute voix et du matin jusqu'au soir, son petit-fils.

– Tais-toi, s'écria-t-elle enfin, *Kesse*, ou je te donne aux cinq cent mille diables ! Entends-tu le bruit qu'ils font sur le toit et comme ils frappent aux carreaux pour te prendre ?

La nuit était sombre, l'eau tombait à verse. La pluie fouettait la terrasse et les carreaux, et le vent, s'engouffrant dans la cheminée, semblait le sanglot lamentable qui accompagnait les larmes de la nature.

Le petit garçon se calma, et, en ouvrant ses grands yeux aux paupières noires, il écouta avec crainte les divers bruits de la tempête.

Mais à toutes ces rumeurs vint se mêler un bruit plus effrayant : malgré l'heure avancée de la nuit – il était trois heures du matin à peu près –, on frappait à la porte.

Alors ce fut au tour de la vieille à s'effrayer.

Son ami intime, un vieux chien noir, releva la tête et hurla d'une voix plaintive.

Les coups redoublèrent, et, avec un accent remarquable de colère, une voix inconnue cria :

– Atch-Kaninii ! Akhirine ! Akhirisi ! Mais enfin ouvriras-tu la porte ?

– *Allah Bismillah !* prononça la vieille, tantôt levant les yeux au ciel, tantôt poussant du pied son chien, tantôt essayant de calmer le petit garçon, qui s'était remis à pleurer. Qui est là ? qui peut frapper à cette heure ? quel homme de bien viendra, pendant une pareille nuit, heurter à la porte d'une pauvre femme ? Es-tu le diable ? Alors, va chez la voisine Kachutkina. Il est temps de lui montrer le chemin de l'enfer. Mais, si tu n'es pas le diable en personne, va-t-en ! Mon fils n'est pas à la maison, si c'est à lui que tu as affaire par hasard. Il est près d'Ammalat-Beg. Quant à moi, le beg m'a donné mon congé ; ce n'est donc pas de sa part que tu peux venir. Je ne lui dois ni canards, ni poules, ni œufs ; il m'a relevée de toute redevance. Dame ! tu comprends bien que je ne l'ai pas nourri pour rien.

– M'ouvriras-tu, balai du diable ? cria la voix impatiente, ou sinon je brise ta porte sans en laisser une planche pour te faire un cercueil.

– Soyez le bienvenu, soyez le bienvenu, dit la vieille en courant à la porte, et en l'ouvrant d'une main tremblante.

La porte tourna sur ses gonds, et un homme petit de taille, mais d'une figure sombre et belle à la fois, apparut sur le seuil.

Il était en costume tcherkesse. L'eau ruisselait sur son bachlik et sur sa bourka blanche. Il la jeta sans façon sur le lit de la femme, se mit à détacher le bachlik qui lui couvrait le visage. Fatma, pendant ce temps, allumait la chandelle et se tenait devant le nouveau venu, tremblant de tous ses membres. Le chien s'était fourré dans un coin en cachant sa queue entre ses jambes, et le petit garçon s'était sauvé dans la cheminée, qui ne s'allumant jamais, était plutôt un ornement qu'un meuble d'utilité.

– Eh bien, Fatma, dit le nouveau venu lorsqu'il en fut arrivé à détacher son bachlik, tu es devenue fière, à ce qu'il paraît ; tu ne reconnais plus les vieux amis ?

Fatma regarda l'étranger avec curiosité, et une expression de bien-être se répandit sur son visage.

Elle avait reconnu Ackmeth-Khan, qui, pendant cette nuit

d'orage, venait de Kafir-Koumick à Bouinaky.

– Que le diable aveugle mes mauvais yeux, qui n'ont pas reconnu leur ancien maître ! dit la vieille en croisant, en signe de soumission et de respect, ses mains sur sa poitrine. Pour dire vrai, khan, ils se sont éteints dans les larmes que j'ai versées pour mon pays, pour la pauvre Avarie. Pardonne, khan, à la malheureuse Fatma ; elle est vieille, et la vieillesse ne voit plus grand-chose dans la nuit, si ce n'est le tombeau que la mort creuse pour elle.

– Allons, allons, tu n'es pas encore la vieille que tu te dis, Fatma. Je me rappelle, enfant, t'avoir vue jeune fille à Khuntsack.

– Le pays étranger vieillit l'étrangère, répondit Fatma ; khan, dans nos montagnes, je serais encore peut-être un fruit bon à cueillir ; mais, ici, je suis une malheureuse pelote de neige qui a roulé de la montagne dans la boue des chemins. Placez-vous ici, khan ; mettez-vous sur ce coussin, vous serez mieux. Mais comment dois-je régaler le cher hôte ? Khan a-t-il besoin de quelque chose ?

– Khan désire que tu le régales de ta bonne volonté, voilà tout.

– Je suis en ton pouvoir, khan, tu le sais bien. Commande donc, ordonne donc ; c'est à ta servante d'obéir.

– Écoute, Fatma, je n'ai à perdre ni temps ni paroles. En deux mots, voici pourquoi je suis venu ici. Rends-moi service avec la langue, alors je réjouirai tes dents. Je te donne dix moutons, si tu fais ce que je te dis, et je t'habille de soie de la tête aux pieds, les souliers compris.

– Dix moutons et une robe de soie ! Oh ! mon bon aga ! oh ! mon cher khan ! Je n'ai jamais vu un pareil hôte entrer dans ma maison depuis que j'ai été prise par ces Tatars maudits et que l'on m'a mariée ici contre ma volonté. Pour une robe de soie et dix moutons, tu peux faire tout ce que tu voudras, même me couper une oreille.

– Il ne faut pas te couper les oreilles, femme ; non, mieux vaut t'en servir. Voici l'affaire : Ammalat viendra chez toi, aujourd'hui, avec le colonel. Tu connais le colonel ?

– Allah ! je le crois bien, notre ennemi mortel.

– C'est cela même ! Le chamkal Tarkovsky en sera. Le colonel est l'ami d'Ammalat. Il est en train de lui faire boire du vin et manger du cochon.

– À celui qui a sucé mon lait ? s'écria la vieille montagnarde avec horreur.

– Oui. Si nous n'y veillons pas, avant trois jours, Ammalat sera chrétien.

– Que Mahomet le garde ! dit la vieille en crachant et en levant les mains au ciel.

– Pour sauver Ammalat de la damnation éternelle, vois-tu, femme, il faut le brouiller avec son Verkovsky.

– Ai-je quelque chose à faire là-dedans, khan ? Aussi vrai que je suis ta servante et celle d'Allah, je le ferai.

– Oui, écoute bien.

– Je ne perds pas une parole, khan.

Les yeux de la vieille brillaient de fanatisme.

– Tu as à te jeter à ses pieds, à pleurer comme si tu suivais les funérailles de ton propre fils. Tu n'auras pas besoin d'emprunter des larmes chez tes voisins, tu aimes assez Ammalat pour pleurer la perte de son âme. Tu lui diras que tu as entendu une conversation du colonel avec le chamkal ; que celui-ci se plaignait qu'Ammalat lui eût renvoyé sa fille ; qu'il a dit qu'il le détestait à cause de sa principauté de Tarkovsky, sur laquelle Ammalat se croit des droits. Tu lui diras que le chamkal suppliait le colonel de le laisser libre de disposer de la vie d'Ammalat.

– Et j'ajouterai que le colonel a consenti ?

– Non, vieille, dit vivement khan Ackmeth, il ne te croirait pas. Tu lui diras, au contraire, que le colonel a été indigné de la proposition et a répondu... Écoute bien, comprends bien.

– J'écoute et je comprends, sois tranquille.

– Et que le colonel a répondu : « Tout ce que je peux faire pour toi, chamkal, mais à la condition que tu serviras fidèlement les Russes, c'est de l'envoyer en Sibérie. »

– En Sibérie !

– Voyons, répète ce que j'ai dit.

La vieille femme avait bonne mémoire, et répéta la chose mot pour mot. Mais, pour plus grande sécurité, le khan la lui fit répéter une seconde fois.

– Maintenant, continua khan Ackmeth, brode là-dessus tout ce que tu voudras. Tu es célèbre pour tes contes. Ne mange donc pas de boue, parle clairement, et ajoute que la preuve de ce que tu avances, c'est que le colonel veut prendre Ammalat avec lui à Georgievsk, pour le séparer de sa famille et de ses noukers, et, de là, l'envoyer au diable, tout enchaîné.

Ackmeth-Khan ajouta à cette fable principale toutes sortes de détails que Fatma classa dans sa mémoire, en faisant renouveler au khan sa promesse de dix moutons et surtout de la robe de soie.

Le khan jura, et, comme acompte, lui donna une pièce d'or, cette chose si rare chez les montagnards, qu'ils en font des ornements de toilette.

– Allah ! s'écria la vieille en serrant la pièce d'or dans sa main. Que le sel se change pour moi en cendre, que je meure de faim, que...

– Allons, interrompit Ackmeth, assez ; ne nourris pas le diable avec tes serments, et dis des paroles qui servent à quelque chose. Ammalat a toute confiance en toi, je le sais. N'oublie pas que c'est de son bonheur qu'il s'agit ; qu'en le tirant des mains des Russes, tu le tires des mains du démon. Une fois convaincu qu'on veut l'envoyer en Sibérie, il quitte ses nouveaux amis et épouse ma fille. Alors vous venez tous chez moi à Khuntsack, dans ton ancien pays, et tu finis, en chantant. Mais prends-y garde, si tu nous trahis, ou si tu gâtes l'affaire avec ton bavardage, je te jure, à mon tour, moi qui ne fais pas de serments, que je nourris le diable du schislik que j'aurai fait avec ta vieille peau.

– Tu peux être tranquille, khan ; je suis une honnête femme, sur la chair de laquelle le diable n'a aucun droit. Je garderai le secret aussi sûrement que s'il était dans la tombe de mon défunt, et je mettrai ma chemise sur Ammalat.

– Alors, assez ; et, pour qu'il ne soit plus question de cela qu'au moment opportun, je crois que je dois mettre sur tes lèvres un cachet d'or.

Et le khan tira une seconde pièce d'or, qu'il donna à Fatma.

– Sur ma tête et sur mes yeux, je suis à toi ! s'écria la vieille en saisissant et en baisant la main du khan.

Puis elle se jeta à genoux pour baiser ses pieds.

Ackmeth-Khan s'éloigna avec mépris.

– Esclavage, esclavage, murmura-t-il, sois maudit, toi qui peux, pour deux pièces d'or, faire ramper l'homme comme le serpent !

Et il sortit.

VII

Le colonel Verkovsky à sa fiancée

Août 1822.
Du camp, près du village Kafir-Koumietz.

Oui, Ammalat aime, chère Marie. Mais comment aime-t-il, l'insensé ? Jamais, dans ma plus folle jeunesse, mon amour pour toi – cet amour qui était ma vie, cependant ! – ne s'éleva à une pareille extrémité. Je brûlais, moi, comme un papier enflammé par les rayons du soleil ; il brûle, lui, comme un vaisseau enflammé par la foudre et perdu sur l'Océan.

Marie, te rappelles-tu qu'autrefois nous lisions, temps heureux ! l'*Othello* de Shakespeare ! Eh bien, le seul Othello peut te donner une idée de cette flamme tropicale qui brûle les veines de notre Tatar. Il est vrai que le Tatar est, dans Ammalat, greffé sur le Persan.

Maintenant que la glace est rompue, il aime à parler longtemps et souvent de sa Sultanetta. Et moi, j'aime à le voir s'enflammer en parlant d'elle. Tantôt il ressemble à une cataracte tombant du haut d'un rocher, tantôt à une de ces sources de naphte de Bakou. Comme elles, il brûle d'une flamme inextinguible. Alors ses joues s'allument, ses yeux lancent des étincelles. Il est magnifique dans ces moments-là. Touché alors, entraîné, je lui ouvre mes bras et le reçois sur ma poitrine, tout brisé de son exaltation. Puis bientôt il a honte de lui-même. Il n'ose plus me regarder, il me livre la main, rentre chez lui, et passe, à la suite de ces cris, des journées entières silencieux et muet.

Depuis son retour de Khuntsack, il est encore plus sombre qu'auparavant, et surtout ces derniers jours.

Il m'a supplié de le laisser encore une fois aller à Khuntsack pour revoir encore une fois sa belle. Mais je lui ai refusé sa demande. C'est à moi de garder son honneur. Avec cette violence de passion, un jour ou l'autre, il manquerait à son serment, et je perdrais l'idéal que je me suis fait de ce beau jeune homme, de ce noble cœur.

J'ai écrit tout cela à Yermoloff. Il m'a dit de l'emmener avec moi à Georgievsk, où il sera lui-même. Là, par Ammalat, il nouera, avec

Ackmeth-Khan, des négociations qui pourront être de la plus grande utilité pour la Russie, et qui peuvent faire le bonheur d'Ammalat en amenant son union avec Sultanetta. Je serai bien heureux, chère Marie, le jour où j'aurai fait ce jeune homme heureux ! Et lui, qui ne sait pas éprouver à moitié, quelle reconnaissance il me vouera ! Alors, chère Marie, je le mettrai à genoux devant toi et je lui dirai : « Adore-la : si je n'avais pas aimé Marie, tu ne serais pas l'époux de Sultanetta. »

Hier, j'ai reçu une lettre du lieutenant gouverneur. Comme il est bon ! il a été au-devant de mes désirs. Tout est arrangé, mon amour, je te rejoins aux eaux. Je mène seulement mon régiment à Derbend, et je pars. Je ne saurai pas ce que c'est que la fatigue pendant le jour, et le sommeil pendant la nuit, jusqu'au jour où je me reposerai dans tes bras. Quel aigle me prêtera ses ailes pour mon voyage ? quel géant me prêtera des forces pour porter mon bonheur ? En vérité, mon cœur est si léger, que, pour qu'il ne s'envole pas, je serre ma poitrine à deux mains. Si je pouvais m'endormir jusqu'au moment où je te reverrai, et ne vivre jusque-là que dans des rêves où tu serais présente ! Et avec tout cela, chère bien-aimée, je me suis réveillé aujourd'hui triste comme la mort. Je ne sais quel sombre pressentiment j'ai dans le cœur. Je suis sorti de ma tente, je suis entré dans celle d'Ammalat. Il dormait encore ; son visage était pâle et contracté. Il y a dans ce cœur-là quelque haine qui lutte avec l'amour. Il m'en veut de mon refus ; mais comme je me vengerai, le jour où j'aurai fait son bonheur, et où je lui dirai : « La vie ! qu'était-ce que cela ? Sultanetta, à la bonne heure ! »

Aujourd'hui, je dirai pour longtemps adieu à mes montagnes du Daghestan. Qui sait ? peut-être pour toujours. C'est curieux, mon cher amour, si je me prends à regarder les montagnes, la mer, le ciel, quel triste et en même temps quel doux sentiment oppresse et élargit tout à la fois mon cœur.

Ô ma chère âme ! que je suis heureux de pouvoir te dire maintenant et avec certitude : Au revoir !

VIII

Le poison du mensonge brûlait dans le cœur d'Ammalat et circulait dans ses veines.

Sa nourrice Fatma avait consciencieusement gagné ses dix moutons, sa robe de soie et ses deux pièces d'or.

Elle lui avait raconté en détail tout ce que lui avait soufflé Ackmeth-Khan, pendant cette même soirée où Ammalat était arrivé à Bouinaky avec le colonel et où le colonel avait eu une entrevue avec le chamkal.

Il avait voulu douter d'abord ; mais comment soupçonner dans Fatma, dans sa bonne nourrice, dans celle qui l'aimait comme son fils, une complice d'Ackmeth-Khan ?

La flèche empoisonnée avait pénétré au plus profond du cœur. Dans son premier mouvement de colère, il voulait tuer le colonel et le chamkal.

Son respect pour l'hospitalité l'en empêcha.

Il remit sa vengeance à plus tard, mais comme on remet son poignard au fourreau, pour l'en tirer brillant et mortel.

La journée se passa ainsi ; le régiment s'arrêta pour prendre deux heures de repos.

Pendant ces deux heures de repos, voici ce qu'Ammalat écrivait à Ackmeth-Khan, espérant soulager son cœur en le répandant sur le papier :

« Minuit !

» Ackmeth-Khan ! Ackmeth-Khan ! pourquoi as-tu fait briller cet éclair à mes yeux ? Sais-tu que la flamme en a pénétré dans ma poitrine ? Oh ! l'amitié oubliée ! la trahison d'un frère ! l'assassinat d'un frère ! quelles terribles extrémités, et entre elles seulement un pas... ou un abîme !

» Je ne puis pas dormir, je ne saurais penser à autre chose. Je suis enchaîné à cette pensée, comme un criminel au mur de son cachot. Une mer de sang coule et se répand autour de moi, et, au-dessus des vagues sombres, au lieu d'étoiles brillent des flammes.

» Mon âme ressemble maintenant à un rocher où viennent, le jour, les oiseaux sauvages pour y déchirer leur proie, la nuit, les esprits de l'enfer pour y méditer le meurtre. Ô Verkovsky ! que t'avais-je fait ? Pourquoi effacer du ciel d'un montagnard la plus belle étoile, la liberté ? pourquoi ? Parce que je t'ai trop aimé peut-être. Je te sacrifiais mon amour. Tu m'eusses dit simplement : "Ammalat, j'ai besoin de ta vie", je te l'eusse donnée aussi simplement que tu la demandais. Comme le fils d'Abraham, je me fusse couché sous le couteau et je serais mort en te pardonnant.

» Mais vendre ma liberté ! me prendre Sultanetta ! Oh ! non ! traître.

» Et il vit encore !

» De temps en temps, comme une colombe traversant la fumée d'un incendie, je vois ton beau visage, ma Sultanetta. Pourquoi donc, comme autrefois, cette vue ne me réjouit-elle pas ? On veut te séparer de moi, ma bien-aimée, te donner à un autre, me marier avec la tombe. Mais il n'en sera pas ainsi, je rentrerai chez toi par un chemin de sang. J'accomplirai l'acte affreux qui m'est imposé pour t'obtenir, et je t'obtiendrai. Outre tes amis et tes amies, Sultanetta, invite à nos noces les vautours et les corbeaux. Oh ! je saurai faire un festin pour tous les convives. Je donnerai un riche kalim ; au lieu d'un coussin de velours, je mettrai sous la tête de ma promise le cœur que je respectai, que j'aimai presque autant que le sien.

» Fille innocente, tu seras la cause d'un horrible crime ! Bonne créature, pour toi deux amis s'égorgeront dans les étreintes d'une infernale colère. Pour toi ! pour toi ! mais est-ce bien pour toi seule ?

» J'ai entendu dire vingt fois à Verkovsky que c'était lâche, de se défaire de son ennemi d'un coup de fusil et d'un coup de poignard.

» Ils sont étranges, ces Européens ! Selon eux, lorsqu'un ennemi vous a écrasé la tête avec son pied, vous a broyé le cœur entre ses mains, on va lui dire : "Tu m'as déshonoré ; tu as effeuillé l'arbre de ma vie ; tu as fané les roses de mon cœur, nous allons nous battre ! Si je suis plus adroit que toi, je te tuerai ; si tu es plus adroit que moi, tu me tueras."

» Et l'on va présenter sa poitrine à la balle ou au fer d'un traître.

» Oh ! ce n'est point ainsi chez nous, Verkovsky ; mais ce n'était pas assez pour toi d'enchaîner mes mains, tu voulais encore enchaîner ma conscience !

» Inutile ! paroles perdues !

» J'ai chargé mon fusil ; mon fusil me vient de mon père ; mon père l'avait reçu de mon grand-père. On m'a raconté plusieurs fois des coups célèbres qu'il avait portés. Pas un seul jusqu'aujourd'hui, c'est vrai, n'a été tiré dans la nuit, ni en embuscade. Toujours il a soufflé le feu et craché la mort dans le combat, aux yeux de tous, au premier rang ; mais il combattait des guerriers loyaux, de nobles ennemis ; il n'avait point à venger l'offense, la trahison. Mais cette fois ! Oh ! ne tremble pas, ma main ! Une charge de poudre, une balle de plomb, un éclair, un peu de bruit répété par l'écho, et tout sera fini.

» Une charge de poudre ! Comme c'est peu de chose ! Cependant la voilà dans le creux de ma main et à peine le couvre-t-elle, et cela suffit pour pousser hors de son corps l'âme d'un homme. Soit maudit celui qui t'a inventée, grise poussière qui mets la vie du héros dans la main d'un lâche ; qui tues de loin l'ennemi qui est désarmé, qui l'assassine par son seul regard !

» Ainsi un seul coup déliera tous mes liens d'autrefois et m'ouvrira mon chemin vers de nouveaux sommets. Dans la fraîcheur de la montagne, sur la poitrine de Sultanetta, mon cœur flétri reprendra ses forces. Comme l'hirondelle, je ferai mon nid dans un pays étranger et je rejetterai toutes mes douleurs passées, comme on jette un vieux vêtement déchiré par les ronces et par les épines.

» Mais ma conscience !

» Une fois, il m'est arrivé de reconnaître dans les rangs de mes ennemis un homme dont j'avais juré la mort. Je pouvais lui envoyer une balle, sans qu'il sût d'où la balle lui venait ; j'eus honte. Je retournai mon cheval et ne tirai point sur lui. Et je percerais le cœur sur lequel je me suis reposé comme sur le cœur d'un frère ! Il me trompait ; mais étais-je si malheureux de croire à son amitié, si fausse qu'elle fût ?

» Oh ! si mes larmes pouvaient étouffer ma colère, ma soif de vengeance ; si elles pouvaient m'acheter, m'obtenir Sultanetta !

» Pourquoi donc l'aurore tarde-t-elle tant ? Qu'elle vienne ! Je regarderai le soleil sans rougir, et, sans pâlir, je soutiendrai le regard de Verkovsky. Mon cœur est sans pitié. La trahison appelle la trahison. Je suis résolu. Voici le jour... c'est le dernier.

» Non. C'était simplement un éclair. »

Et, pour se donner un courage qu'il sentait lui manquer, Ammalat-Beg saisit une bouteille de vin que Sophyr-Ali avait fait apporter pour lui, et la vida d'un trait.

Puis il se rejeta sur son oreiller ; mais ce fut inutilement ; il ne put dormir. Une vipère lui rongeait le cœur.

Alors il alla à Sophyr-Ali, qui dormait, et le secoua rudement.

– Lève-toi ! s'écria-t-il ; il fait jour.

Sophyr-Ali ouvrit les yeux et regarda Ammalat-Beg en bâillant.

– Jour ! sur tes joues ; mais c'est la flamme du vin qu'elles reflètent, et non les rayons de l'aurore.

– Lève-toi ! te dis-je. Les morts eux-mêmes doivent se lever de leurs tombeaux pour venir au-devant de celui que je vais leur envoyer.

– Que dis-tu ? Est-ce que je suis un mort ? Tu deviens fou, par Allah ! Ammalat-Beg. Que les morts se lèvent si cela les amuse, que les quarante imams reviennent au jour si cela leur convient ; moi, je suis un vivant qui n'ai pas assez dormi. Bonsoir !

– Tu aimes à boire, Sophyr-Ali. J'ai soif ce matin, bois avec moi.

– Ah ! c'est autre chose et voilà la raison qui te revient. Verse un plein verre, verse une corne tout entière. Allah ! je suis toujours prêt à boire et à aimer.

– Et à te venger d'un ennemi, n'est-ce pas ? À la santé du diable, qui change les amis en ennemis mortels ! – Où j'irai tu me suivras, n'est-ce pas, Sophyr-Ali ?

– Ammalat, ce n'est pas seulement le vin du même verre que j'ai bu avec toi, c'est le lait de la même mamelle. Je serai à toi, fisses-tu ton nid à la plus haute cime du rocher de Khuntsack. Pourtant, un conseil...

– Pas de conseils, Sophyr-Ali ; pas de reproches surtout. Ce n'est pas l'heure.

– Tu as raison. Conseils et reproches se noieraient dans le vin, comme des mouches. Ce n'est l'heure ni des reproches ni des conseils, c'est l'heure de dormir.

– Dormir, dis-tu ? Il n'y a plus de sommeil pour moi. As-tu examiné la pierre de mon fusil ? est-elle bonne ? en as-tu renouvelé l'amorce, et n'est-elle pas humide ?

– Qu'as-tu, Ammalat ? Il y a quelque mystère, quelque crime peut-être dans ton cœur. Ton œil est fiévreux, ton visage livide ; tes paroles sentent le sang.

– Mes actions seront plus terribles encore, Sophyr-Ali. Sultanetta est belle, ma Sultanetta ! Est-ce une chanson de noce qui retentit à mon oreille ? Non. Ce sont les vagissements des esprits, ce sont les cris des chacals. Hurlez, loups ! pleurez, démons ! Vous êtes las d'attendre. Soyez tranquilles, vous n'attendrez plus longtemps. Encore du vin, Sophyr-Ali ! encore du vin !... et puis du sang !

Ammalat avala d'un trait une seconde bouteille, tomba ivre-mort sur son lit, balbutia quelques mots inintelligibles. Sophyr-Ali le déshabilla, le coucha et veilla à son chevet tout le reste de la nuit, cherchant en vain à s'expliquer le sens de ses paroles.

Enfin, au point du jour, il se recoucha lui-même, en se disant :

– Il était ivre.

IX

Le matin, avant de se mettre en marche, le capitaine de service vint avec le rapport chez le colonel.

Après lui avoir annoncé que tout était en bon état au régiment, il regarda autour de lui, et, s'approchant de Verkovsky avec inquiétude :

– Colonel, lui demanda-t-il, puis-je vous parler ?

– Sans doute, répondit Verkovsky distrait.

– Mais de choses sérieuses, colonel.

– De choses sérieuses ?

– Oui.

– Parlez, capitaine.

– Nous sommes bien seuls ?

À son tour, Verkovsky regarda autour de lui.

– Nous sommes bien seuls, dit-il.

– Colonel, ce que j'ai à vous dire est grave, très grave.

– J'écoute.

– Hier, à Bouinaky, un soldat de notre régiment a entendu la conversation d'Ammalat avec sa nourrice. C'est un Tatar de Kazan qui comprend parfaitement le tatar du Caucase. Eh bien, il a entendu la nourrice d'Ammalat, la vieille Fatma, disant à votre prisonnier que vous et le chamkal vouliez l'envoyer en Sibérie. Ammalat était furieux. Il disait qu'il avait déjà été prévenu de cette intention par Ackmeth-Khan, mais qu'avant cela il vous aurait tué de sa propre main.

» Pensant qu'il avait mal entendu, ou que, s'il avait bien entendu, vous couriez danger de mort, le Tatar se mit à espionner toutes les actions d'Ammalat-Beg, depuis hier.

» Le soir, Ammalat a parlé avec un homme inconnu, et, en le congédiant, il lui a dit :

» – Annonce au khan que, demain, quand paraîtra le soleil, tout sera fini ; qu'il se prépare lui-même, je le verrai bientôt.

– Est-ce tout, capitaine ? demanda Verkovsky.

– Croyez-vous que ce n'était pas assez pour inquiéter des gens qui vous aiment, colonel ? Écoutez ceci : j'ai passé ma vie au milieu des Tatars ; fou est celui qui se confiera au meilleur d'entre eux. Le frère n'est pas sûr de sa tête, du moment où il la pose sur l'épaule de son frère.

– La jalousie est la cause de la mauvaise humeur d'Ammalat-Beg, capitaine. Caïn la laissa en héritage à tout le genre humain, et surtout aux voisins de l'Ararat. Nous n'avons rien à débattre, Ammalat et moi. Je ne lui ai jamais fait que du bien, et je ne veux pas lui faire de mal. Soyez donc tranquille, capitaine. Je crois à la bonne foi de votre soldat, mais point à sa connaissance de la langue tatare. Je ne suis pas un homme si considérable, que les begs et les khans songent à me faire assassiner, capitaine. Je connais très bien Ammalat : il est violent, mais il a un bon cœur.

– Ne vous abusez pas, colonel, Ammalat est un Asiatique. Ne lui demandez donc ni les vertus ni les vices d'un Européen. Ici, ce n'est point comme chez nous ; ici, le mot cache la pensée, le visage masque l'âme. Un Tatar vous paraît honnête homme à la surface ; creusez-le, et vous trouverez dans son cœur la bassesse, la colère et la férocité.

– L'expérience vous a donné le droit de penser ainsi, capitaine ; mais, moi, je n'ai aucun motif de soupçonner Ammalat en aucune chose. Que gagnerait-il à me tuer ? Je suis tout son espoir. Je devais être mort au point du jour ; le soleil est assez haut sur l'horizon, et, comme vous voyez, je suis vivant encore. Je ne vous en remercie pas moins, capitaine ; mais ne soupçonnez pas Ammalat. Maintenant, la marche !

Le capitaine partit. Les tambours firent leur roulement, et le régiment se mit en marche, en effet.

La matinée était claire et fraîche. Le régiment semblait un long serpent aux écailles d'acier, tantôt se déroulant au fond de la vallée, tantôt rampant sur la montagne.

Ammalat marchait en avant, pâle et triste. Il espérait que le bruit du tambour l'empêcherait d'entendre la voix de son cœur.

Le colonel l'appela et lui dit amicalement :

– Il faut que je te gronde, Ammalat. Tu suis trop à la lettre les leçons de Hafiz : le vin est un bon compagnon, mais un mauvais maître. Tu as passé une nuit atroce, Ammalat.

– Oui, une terrible nuit, colonel ; Allah veuille permettre que jamais je n'en passe une semblable ! J'ai rêvé beaucoup, et d'horribles rêves.

– Ammalat, Ammalat, il ne faut pas faire ce que défend notre religion. Ta conscience non plus n'est pas en repos.

– Heureux celui chez qui la conscience n'a d'autre ennemi que le vin !

– De quelle conscience veux-tu parler, cher ami ? Chaque peuple, chaque siècle a sa conscience : ce que l'on regardait hier comme un crime sera adoré demain comme une grande action.

– Je présume cependant, répondit Ammalat, que la dissimulation, la vengeance et l'assassinat n'ont jamais été regardés comme des vertus.

– Je ne dis pas cela, quoique nous vivions en un siècle où le succès, presque toujours, porte avec lui son absolution. Les gens les plus consciencieux de cette époque n'hésitent pas à dire et même à pratiquer le proverbe : « Qui veut la fin veut les moyens. »

Ammalat lança au colonel un regard de côté.

– Traître, murmura-t-il, tu parles bien comme un traître.

Puis, plus bas, sourdement dans sa poitrine, dans son cœur, il ajouta :

– Voici l'heure.

Le colonel, sans soupçons, marchait près du jeune homme. À huit verstes de Karakent, on aperçut tout à coup la mer Caspienne.

Verkovsky devint pensif.

– C'est étrange, Ammalat, dit-il, je ne puis voir ta triste mer, ton pays sauvage, peuplé de maladies et d'hommes pires que les maladies, sans que mon cœur se serre, sans que mon esprit devienne mélancolique. Je déteste la guerre avec les ennemis invisibles ; je déteste le service avec des camarades qui ne sont presque jamais nos amis. Je sers avec amour mon pays, avec fidélité l'empereur ; pour remplir mes devoirs militaires, je me suis refusé toutes les jouissances de la vie ; mon esprit s'est pétrifié dans l'inaction, mon cœur s'est enterré dans la solitude. Je me suis séparé de tout, même de la bien-aimée de mon cœur. Qu'ai-je obtenu en récompense ? Un grade secondaire. Quand viendra le moment où je me jetterai dans les bras de ma fiancée ? quand viendra le moment où, las du service, je me reposerai dans ma maison des bords du Dniéper ? J'ai enfin mon congé dans ma poche. Dans cinq jours, je serai à Georgievsk ; mais c'est étrange, j'ai beau me rapprocher d'elle, il me semble toujours que s'étend entre nous le désert de la Libye, une mer de glace, une éternité sombre et infinie comme celle du tombeau. Oh ! mon cœur, mon pauvre cœur !

Verkovsky se tut ; il pleurait.

Son cheval, sentant que la bride lui était abandonnée, doubla le pas, et Ammalat et lui devancèrent le régiment.

Lui-même se livrait à son meurtrier.

Mais, à la vue de ses larmes, au bruit étouffé de ses sanglots, la pitié se glissa dans le cœur d'Ammalat comme un rayon de soleil pénètre dans une sombre caverne.

Il voyait la douleur de celui qui avait été si longtemps son ami, et il se disait :

« Non, il est impossible qu'un homme soit dissimulé à ce point. »

Mais, comme s'il était honteux de ce moment de faiblesse, Verkovsky releva la tête, et, faisant un effort pour sourire, il dit :

– Apprête-toi, Ammalat, tu viens avec moi.

À ces fatales paroles, tout ce qui pouvait rester de bons sentiments dans le cœur d'Ammalat fut foudroyé.

La pensée du marché fait entre le colonel et le chamkal se présenta à son esprit, le chemin d'un exil éternel se déroula devant lui.

– Avec vous ? dit-il les lèvres frémissantes de colère, avec vous en Russie ? Si vous y allez, pourquoi pas ?

Et il partit d'un éclat de rire si étrange, qu'il semblait un grincement de dents, et, fouettant son cheval, il bondit en avant.

Il lui fallait le temps de préparer son fusil.

Alors il retourna son cheval, revint sur le colonel et le dépassa ; puis il commença à tourner en cercle autour de lui, comme fait l'aigle autour de sa proie. À chaque tour, il devenait plus pâle, plus furieux, plus rugissant. Il lui semblait que l'haleine d'un démon sifflait à ses oreilles, et lui disait :

– Tue ! tue ! tue !

Pendant ce temps, le colonel, qui n'avait aucun soupçon, regardait en souriant les évolutions d'Ammalat, croyant que, selon l'habitude des Asiatiques, il voulait lui faire admirer son adresse en faisant de la fantasia.

Il lui vit mettre son fusil à l'épaule, et, croyant qu'il continuait le jeu :

– Dans ma fouraska ! dans ma fouraska ! dit le colonel en levant sa casquette de dessus son front : je vais te la jeter en l'air.

– Non, dit Ammalat-Beg, dans ton cœur.

Et, à dix pas du colonel, il fit feu sur lui.

Le colonel ne poussa aucun cri, pas un soupir, il tomba.

La balle lui avait traversé le cœur, comme l'avait annoncé Ammalat.

Le cheval d'Ammalat, emporté dans sa course, s'arrêta devant le cadavre en pliant sur ses pieds de derrière.

Ammalat sauta à terre, s'appuya sur son fusil fumant, comme s'il voulait se prouver à lui-même qu'il était insensible à ce regard éteint, froid devant ce sang qui coulait de la plaie.

Que se passait-il en ce moment dans le cœur de l'assassin ? Dieu seul le sait.

Sophyr-Ali arriva et se jeta à genoux devant le cadavre.

Il se pencha sur les lèvres, les lèvres ne respiraient plus.

– Il est mort ! s'écria Sophyr-Ali épouvanté, en regardant Ammalat.

– L'est-il tout à fait ? dit celui-ci, comme s'il s'éveillait d'un sommeil profond. En ce cas, tant mieux ; car sa mort, c'est mon bonheur.

– Le bonheur à toi, s'écria Sophyr-Ali ; à toi, l'assassin de ton bienfaiteur ? Le jour où tu trouveras le bonheur maintenant, c'est que, ce jour-là, le monde entier reniera Dieu et adorera le démon.

– Sophyr-Ali, dit rudement Ammalat, souviens-toi que tu es mon serviteur et non pas mon juge.

Et, sautant sur son cheval :

– Suis-moi ! lui dit-il.

– Que le remords seul te suive comme un spectre, Ammalat, mais pas moi. Fais ce que tu voudras, deviens ce que tu pourras ; de ce jour, nous ne sommes plus rien l'un pour l'autre, et je te renie pour mon frère. Adieu, Caïn !

À cette réponse de Sophyr-Ali, Ammalat poussa un rugissement, et, faisant signe à ses noukers de le suivre, il s'élança dans la montagne, rapide comme la flèche.

Dix minutes après, la tête de la colonne russe s'arrêtait devant son colonel mort.

X

Ammalat erra trois jours par les montagnes du Daghestan.

Quoique dans les villages soumis, il était en sûreté, les montagnards, malgré leur soumission, gardant toutes leurs sympathies pour les ennemis des Russes.

Mais, hors de danger, il n'était pas hors du remords, et la malédiction de Sophyr-Ali s'était attachée à lui avec des griffes de fer. Ni son cœur ni son esprit n'essayaient même d'excuser son crime, maintenant qu'il était commis. Il voyait toujours ce moment suprême du meurtre où, à travers la fumée qui enveloppait assassin et victime, le colonel était tombé de son cheval. C'était un Asiatique qui avait commis le premier crime, qui était devenu le premier traître, et la tradition du remords éternel était née au bord de l'Ararat.

Puis il n'en avait pas fini avec un meurtre. Il lui restait à accomplir une action plus grave que celle-là.

– Ne te présente pas à Khuntsack sans la tête de Verkovsky, lui avait dit Ackmeth-Khan ; et, comme si aucun des degrés du crime ne devait lui être épargné dès son premier crime, il lui fallait maintenant cette tête.

Chez les Orientaux, l'ennemi n'est vraiment mort que lorsqu'il est décapité. La vengeance n'est complète que lorsque la tête de son adversaire est aux mains de celui qui se venge.

N'osant pas découvrir son intention à ses noukers, sur la bravoure desquels, en pareille occasion, il savait ne pas devoir compter, il résolut de retourner seul à Derbend à travers la montagne.

Et, en effet, aucun de ses hommes, sur le champ de bataille, n'eût hésité à accomplir une action que tout montagnard regarde comme le complément obligé du combat ; mais nul, trois jours après le combat, n'eût osé entrer la nuit dans un cimetière et violer une tombe.

C'était cependant ce qui restait à faire à Ammalat.

La nuit était sombre, lorsque le jeune homme sortit de la caverne creusée à une demi-verste de la forteresse de Marienkale, qui sert de citadelle à Derbend. Il attacha son cheval à un arbre surmontant la colline, d'où Yermoloff, encore lieutenant, foudroyait Derbend. C'était à cent pas de cette colline qu'était situé le cimetière russe.

Mais, au milieu de cette grande obscurité, comment retrouver la tombe fraîche de Verkovsky ?

Le ciel était sombre, et les nuages, en s'abaissant vers la terre, semblaient peser sur les montagnes ; le vent qui sortait des vallées semblait, comme un oiseau de nuit, battre de ses ailes les branches des arbres.

Ammalat frissonna en mettant le pied dans ce pays des morts, dont il venait troubler le funèbre repos.

Il écouta.

La mer grondait en battant sa rive ; autour de lui retentissaient les cris des loups et des chacals dont il était devenu le compagnon. Puis, tout à coup, tout bruit cessait, excepté cet éternel et lugubre sifflement du vent, qui semblait la plainte des esprits des morts.

Que de fois, par une nuit pareille, avait-il veillé avec Verkovsky ! Qu'était devenue cette âme si intelligente, qui alors lui expliquait tous les mystères de la nature, dans cette contrée inconnue où il l'avait précipitée ?

Alors il l'écoutait, couché près de lui ou bien appuyé à son bras. Et voilà que maintenant, spoliateur des tombes, après avoir volé la vie au corps, il venait voler la tête au tombeau.

– Terreurs humaines ! murmura Ammalat en essuyant son front ruisselant de sueur, que faites-vous donc dans un cœur où il ne reste plus rien d'humain ? Loin de moi ! loin de moi ! Eh quoi ! j'ai pris la vie à l'homme, et je crains maintenant de prendre la tête au cadavre, quand cette tête est pour moi un trésor. En vérité, je suis fou ! Est-ce que les morts ne sont pas insensibles ?

Ammalat, d'une main tremblante, alluma des branches sèches, et, à leur tremblante et fugitive lumière, se mit à chercher la tombe du colonel.

La terre fraîchement remuée, une croix sur laquelle on lisait le nom de Verkovsky, lui indiquèrent la dernière demeure de celui qu'il avait appelé si souvent son frère.

Il arracha la croix, et se mit à creuser la fosse.

Le travail n'était ni long ni difficile. En Orient, on enterre presque à fleur du sol.

Le poignard d'Ammalat heurta bientôt le couvercle du cercueil.

Par un dernier effort, le couvercle fut enlevé.

Il lui fallait, à la lueur rougeâtre des branches enflammées, jeter un dernier regard sur ce corps.

Ce fut la punition terrible, suprême, incomparable à tous les supplices qu'eût pu inventer la justice humaine. En se penchant sur le cadavre, Ammalat, plus livide que le cadavre même, sembla un instant s'être changé en pierre. Qu'était-il venu faire là ? Comment et pourquoi y était-il ? Aucun battement de son cœur suspendu, aucune fibre de son esprit anéanti n'eût pu lui répondre ; une odeur de cadavre l'enveloppait, une vapeur de mort troublait sa vue.

– Il faut cependant en finir ! murmura-t-il en essayant de se tirer de son engourdissement au bruit de ses propres paroles.

Mais ni vanité, ni vengeance, ni amour, ni aucun de ces sentiments dont l'ivresse lui avait fait commettre son premier crime ne le soutenait plus pour commettre le second. C'est que le second était plus qu'un crime, c'était un sacrilège.

Enfin, il plaça son poignard près du cou qu'il devait trancher, jeta loin de lui les branches sèches, pour se cacher à lui-même dans l'obscurité son labeur infâme, et, après quelques efforts inutiles, il sentit avec terreur qu'il avait atteint son but.

La tête était détachée du corps.

Il la prit, et, avec un indéfinissable sentiment d'angoisse et de dégoût, il la jeta dans un sac qu'il avait apporté dans cette intention.

Jusqu'à présent, il s'était senti maître de lui-même ; mais, en ce moment, lorsqu'il comprit enfin que la plus lâche des deux actions venait de s'accomplir ; lorsque pendit à son bras cette tête qu'il avait cru pouvoir échanger contre son bonheur ; lorsqu'il lui fallut arracher ses pieds de cette terre molle et mouvante, terre des tombeaux, dans laquelle il était entré jusqu'aux genoux ; lorsque, en s'arrachant de cette poussière des morts, son pied glissa sur les cailloux, et qu'il retomba dans cette fosse ouverte, comme si le cadavre, à son tour, ne voulait plus le lâcher, oh ! alors, toute présence d'esprit l'abandonna. Il lui sembla qu'il devenait fou.

Les branches allumées qu'il avait jetées derrière lui avaient mis le feu aux herbes séchées par l'ardent soleil de juin. Il avait oublié d'où venait cette flamme. Pour lui, c'était celle de l'enfer. Il lui semblait que les esprits des ténèbres, riant et criant, voltigeaient autour de lui. Lui-même se mit à crier, se prit à rire, et s'enfuit sans se retourner, avec un sourd gémissement, dans lequel étaient venus se fondre son rire et ses cris.

Enfin, sur la colline, il retrouva son cheval, sauta dessus, le lança à travers la montagne, sans s'inquiéter des rochers ni des précipices, prenant chaque buisson auquel il s'accrochait pour la main du cadavre qui ne le voulait pas lâcher, et le cri des chacals et des hyènes pour les derniers râlements de son bienfaiteur, deux fois tué par lui.

Il arriva à Khuntsack le soir du second jour.

Frissonnant d'impatience, il sauta à bas de son cheval, et détacha de l'arçon de la selle le sac maudit.

Il monta le perron si bien connu, et pénétra dans les premières chambres.

Elles étaient pleines de montagnards en costume de guerre. Les uns marchaient couverts de leur cuirasse de mailles, les autres causaient couchés côte à côte sur leurs bourkas.

Tous parlaient bas ; – ceux qui parlaient du moins, car beaucoup gardaient un sombre silence.

Les sourcils froncés, les figures sombres indiquaient que l'on était, à Khuntsack, sous le poids de tristes nouvelles.

Les noukers allaient et venaient : tous connaissaient Ammalat, et cependant aucun d'eux ne le questionna. Nul ne parut même faire attention à lui.

Près de la porte de la chambre d'Ackmeth était Soukay-Khan, son second fils. Il pleurait amèrement.

– Que veut dire ceci ? demanda Ammalat avec inquiétude. Toi que l'on appelait l'enfant sans larmes, tu pleures maintenant ?

Soukay-Khan, sans répondre un mot, lui montra la porte de la chambre.

Ammalat y entra.

Là, un terrible spectacle l'attendait.

Au milieu de la chambre, sur un matelas recouvert d'un tapis, était couché Ackmeth-Khan, déjà défiguré par le souffle de la mort. De temps en temps, sa poitrine se soulevait, mais c'était avec un douloureux effort.

Il venait d'entrer dans cette lutte suprême de l'agonie qui attend l'homme à la porte du tombeau.

Sa femme et sa fille pleuraient à genoux devant lui. Son fils aîné, Moutzale-Khan, était couché sans mouvement à ses pieds, la tête perdue dans ses deux mains.

Plusieurs femmes et les noukers favoris pleuraient, un peu plus loin du mourant.

Mais, tout à la pensée terrible qui vivait en lui, Ammalat s'approcha du khan, et, seul debout au milieu de tous ces hommes consternés :

– Bonjour, Khan ! lui dit-il. Je t'apporte un cadeau pour lequel peut se lever un mort. Prépare la noce : voici le kalim de Sultanetta.

Et, à ces mots, il jeta la tête du colonel aux pieds d'Ackmeth-Khan.

La voix d'Ammalat avait semblé réveiller le mourant. Il se souleva pour voir le cadeau que lui apportait le jeune beg. La tête coupée de Verkovsky était à ses pieds.

Il frissonna de tout son corps.

– Que celui-là mange son propre cœur, dit-il, qui donne un pareil spectacle aux yeux d'un mourant !

Puis, se soulevant dans un effort suprême et levant les deux bras au ciel :

– Allah ! s'écria le khan, sois témoin que je pardonne à tous mes ennemis ; mais, toi, toi, Ammalat, je te maudis !

Et il retomba mort sur son coussin.

La femme d'Ackmeth avait regardé avec un sentiment de profonde terreur ce qui venait de se passer. Mais, lorsqu'elle vit son époux expiré, lorsqu'elle put croire que la vue d'Ammalat et de son fatal présent avait pu hâter sa mort :

– Messager de l'enfer ! s'écria-t-elle les yeux enflammés, lui montrant le mort, tiens, voilà ton œuvre. Sans toi, mon mari n'eût songé à soulever l'Avarie contre les Russes ; sans toi, il serait à cette heure bien portant et tranquille au milieu de nous. Mais, pour toi et par toi, en allant chez les begs pour les soulever, il tomba du haut d'un rocher ; et toi, misérable ! toi, traître ! toi, meurtrier ! au lieu de venir adoucir son agonie et calmer sa mort, tu viens comme une bête féroce jeter, au milieu des fantômes qui entourent le lit d'un mourant, la terrible réalité d'une tête coupée ! Et quelle tête ? Celle de ton défenseur, de ton ami, de ton bienfaiteur !

– Mais c'était la volonté du khan ! s'écria Ammalat anéanti.

– N'accuse pas un mort. Ne tache pas d'un sang inutile le cadavre de celui qui ne peut plus se défendre ! reprit la veuve de plus en plus irritée, toi qui n'as pas craint de venir demander en mariage la fille au lit de mort du père, et qui as espéré recevoir la récompense des hommes en obtenant la malédiction de Dieu. Sacrilège et infâme ! je jure par le tombeau de mes ancêtres, par les sabres de mes fils, par l'honneur de ma fille, que tu ne seras jamais ni mon gendre, ni mon hôte. Sors de ma maison, traître !

Ammalat poussa un cri.

– Sors ! ajouta la veuve ; j'ai des fils que tu peux égorger en les embrassant ; j'ai une fille que tu peux empoisonner en la regardant. Cache-toi dans les cavernes de nos montagnes ; apprends-y aux tigres à se dévorer les uns les autres. Va ! et sache une chose, c'est que ma porte ne s'ouvrira jamais pour l'assassin.

Ammalat semblait frappé par la foudre.

Tout ce que sa conscience lui avait déjà dit à voix basse, lui était répété hautement et cruellement. Il ne savait où regarder. Sur le plancher, la tête de Verkovsky ; sur le lit, le cadavre d'Ackmeth ; devant lui, sa veuve, c'est-à-dire la malédiction !

Seulement, les yeux de Sultanetta, noyés dans les larmes, lui apparaissaient comme deux étoiles à travers un nuage.

Il s'approcha d'elle en disant :

– Sultanetta, tout cela, tu le sais bien, c'est pour toi que je l'ai fait, et je te perds. Si la fatalité le veut, cela doit être ; mais dis-moi seulement si, toi aussi, tu me hais ; si, toi aussi, tu me méprises ?

Sultanetta leva sur celui qu'elle avait tant aimé ses yeux noyés de larmes ; mais, en voyant le visage d'Ammalat pâle et marbré de sang, elle cacha ses yeux avec une de ses mains, et, de l'autre, lui montrant alternativement le cadavre de son père et la tête du colonel, elle lui dit avec fermeté :

– Adieu, Ammalat. Je te plains, mais jamais je ne serai à toi.

Et, épuisée par l'effort, elle tomba évanouie près du corps de son père.

La fierté native d'Ammalat reflua vers son cœur avec son sang.

– Ah ! c'est ainsi qu'on me reçoit ici, dit-il en jetant un regard de mépris sur les deux femmes ; c'est ainsi que l'on remplit les serments dans la maison d'Ackmeth-Khan ! Ah ! je suis content, et mes yeux y voient clair, enfin !... J'étais bien fou de faire reposer mon bonheur sur le cœur d'une jeune fille volage, et j'ai été bien patient en écoutant les imprécations d'une vieille femme. Ackmeth-Khan, en mourant, a emporté avec lui l'honneur et l'hospitalité de sa maison. Place ! je sors.

Jetant un regard de défi sur les fils du khan, les noukers et les cavaliers qui, accourus au bruit, encombraient la chambre, il s'avança à leur rencontre, la main au manche de son kandjar, comme pour les inviter au combat.

Mais tout le monde s'écarta, plutôt l'évitant que le craignant, et plus une seule parole ne lui fut adressée, ni dans la chambre mortuaire, ni lorsqu'il traversa les autres chambres.

Sur le perron, il retrouva ses noukers, et, au bas du perron, son cheval.

Il sauta en selle sans dire un mot, sortit au pas du palais, traversa lentement les rues de Khuntsack ; puis, de l'éminence où il avait vu pour la première fois la maison du khan, il la regarda une dernière fois.

Son cœur était gonflé de fiel, ses yeux étaient injectés de sang ; l'orgueil offensé enfonçait au plus profond de sa poitrine ses serres d'acier.

Avec une sombre colère, il jeta un dernier regard sur cette maison où il avait connu et perdu tous les plaisirs du monde.

Il voulut parler ; il voulut prononcer le nom de Sultanetta ; il voulut récriminer ; il voulut maudire.

Il ne put pas prononcer une seule parole, une montagne de plomb semblait s'être écroulée sur lui.

Enfin, pour ressource suprême, il voulut pleurer, il lui semblait que ce poids énorme qui l'oppressait, c'étaient ses pleurs ; il lui sembla qu'une larme, une seule, le réconcilierait avec le genre humain et demanderait pour lui grâce à Dieu.

– Une larme ! une larme ! une seule ! cria-t-il.

Tout fut inutile, ses yeux restèrent secs, brûlants, arides. Il faut encore aimer et être aimé, pour verser des larmes, et Ammalat, comme Satan, haïssait et était haï...

Les jours, les mois, les années s'écoulèrent.

Où était allé l'assassin de Verkovsky ? qu'était-il devenu ?

Nul n'en savait rien.

On disait bien qu'il était chez les Tchetchènes où son kounack Nephtali n'avait pu lui refuser l'hospitalité. On disait que la malédiction d'Ackmeth-Khan mourant lui avait tout enlevé : beauté, santé, courage même.

Mais qui pouvait affirmer cela ?

Enfin, peu à peu, on oublia Ammalat ; mais le souvenir de sa trahison est encore aujourd'hui frais et vivant parmi les Russes et parmi les Tatars.

Épilogue

En 1828, la forteresse d'Anapa était, du côté de la terre et de la mer, bloquée par les flottes et les armées russes.

Chaque matin, une nouvelle batterie, éclose pendant la nuit, tonnait plus près de la ville.

La garnison turque, secondée par les montagnards, toujours en guerre avec la Russie, se battait bravement.

Du côté méridional de la ville, les Russes parvinrent enfin à ouvrir la brèche.

La muraille s'écroulait sous les boulets ; mais son épaisseur faisait la besogne dure et lente.

De temps en temps, on accordait – surtout pendant la grande chaleur du jour – un repos d'une heure ou deux aux canons rougis et aux artilleurs fatigués.

Pendant un de ces repos, tandis que les canons se taisaient, tandis que les artilleurs dormaient, on vit tout à coup, du haut de la muraille, soutenu par des cordes passées sous le ventre de la monture, un cavalier descendre sur un cheval blanc.

À peine eut-il touché la terre, que les cordes furent tirées au plus haut de la muraille, que le cavalier franchit le fossé d'un seul bond, et, lançant son cheval au galop, passa comme un éclair entre les batteries et les soldats.

Quelques coups de fusil le poursuivirent, mais inutilement ; il disparut dans la forêt.

À peine avait-on pu le voir ; on ne songea point à le suivre.

Bientôt les esprits, distraits par la canonnade qui recommença, oublièrent le cavalier.

Le soir, la brèche était devenue praticable ; les Russes s'apprêtaient à donner l'assaut, lorsque, tout à coup, du côté de la forêt, ils furent attaqués par les montagnards.

Le terrible cri « Allah il Allah ! » leur répondit des murailles d'Anapa.

Mais les Russes tournèrent leurs canons vers ces assaillants inattendus et dispersèrent bientôt les montagnards, qui prirent la fuite en laissant leurs morts et leurs blessés sur le champ de bataille, et en hurlant :

– Giaours ! giaours !

Mais, depuis le commencement de l'affaire et jusqu'au moment où le champ de bataille fut complètement balayé, les Russes avaient pu voir devant eux un Circassien monté sur un cheval blanc, qui marchait au pas, de long en large, devant les batteries russes, sans s'inquiéter ni des balles ni des boulets qui pleuvaient autour de lui.

Cette impassibilité et surtout cette invulnérabilité du montagnard rendaient les artilleurs furieux. Les boulets, creusant la terre autour de lui, la soulevaient sous les pieds de son cheval. Le cheval se cabrait, bondissait ; mais, lui, maintenait le cheval effaré à la même distance, le calmant avec la main et ne paraissant faire aucune attention au danger qui l'enveloppait de tous côtés.

– À moi le cheval et à toi vingt-cinq roubles, dit un officier d'artillerie au soldat pointeur de sa batterie, si tu jettes à bas ce drôle.

Le pointeur regarda.

– Voilà trois fois déjà que je le vise, dit-il, et il faut que ce soit le démon en personne pour être encore debout sur son cheval ; mais, capitaine, continua l'artilleur, faites charger ma pièce avec ma propre tête l'autre coup, si je le manque de celui-ci.

Et, ayant pointé son canon avec une attention toute particulière, il prit la mèche des mains de son camarade et fit feu lui-même.

Pendant un instant, il fut impossible de rien distinguer ; mais bientôt la fumée se dissipa et l'on vit le cheval, effrayé, traînant le cadavre de son maître, dont le pied était resté pris dans l'étrier.

– Touché ! mort ! crièrent les soldats.

Le jeune officier leva sa casquette, fit un signe de croix et sauta par-dessus la batterie pour attraper le cheval, qui était une admirable bête, née, autant qu'on en pouvait juger, dans le Khorassan.

Il l'eut bientôt atteint. L'animal tournait dans le même cercle, en traînant le corps du montagnard.

Le boulet avait emporté le bras de celui-ci tout près de l'épaule ; mais il respirait encore.

Le jeune officier appela quatre artilleurs et fit porter le mourant dans sa tente.

Lui-même alla chercher le médecin.

Mais le médecin, en examinant l'effroyable blessure, déclara qu'il fallait désarticuler l'épaule et que le blessé mourrait pendant l'opération.

Mieux valait donc le laisser tranquillement mourir de sa blessure que de le faire mourir plus vite et plus douloureusement.

Le médecin ordonna une boisson rafraîchissante, seul soulagement qu'il pût donner au malade.

L'officier resta seul dans sa tente près de son hôte à l'agonie, et n'ayant avec lui qu'un interprète tatar que l'on avait fait venir pour le cas où, reprenant sa connaissance, le mourant, qu'il était facile de reconnaître pour un chef, aurait quelque recommandation suprême à faire.

Vers une heure du matin, le blessé s'agita et poussa quelques soupirs, comme si une vision troublait son agonie.

Le jeune officier se leva, approcha la lanterne du visage du blessé, qui n'avait pas encore repris connaissance, et le regarda avec plus d'attention qu'il n'avait fait encore.

La physionomie du blessé était sombre ; des plis profonds creusaient son front et défiguraient un visage qui avait dû être d'une suprême beauté avant qu'il eût été labouré par les passions désordonnées dont il gardait la trace. Il était facile de reconnaître enfin que la pâleur qui le couvrait venait plutôt des chagrins de la vie que des étreintes douloureuses de la mort.

Sa respiration devint de plus en plus oppressée.

De la main qui lui restait, il semblait vouloir écarter quelque spectre vengeur. Enfin, les paroles se firent un passage, et, après quelques mots incompréhensibles, l'officier et l'interprète parvinrent à saisir ceux-ci :

– Du sang ! toujours du sang ! murmurait le blessé en regardant la main qui lui restait et qui était la droite. – Pourquoi m'avez-vous mis sa chemise ensanglantée ? Est-ce que, sans cela, je ne nage pas déjà dans le sang ? Ne me tirez pas comme vous faites du côté de la vie. La vie, c'est l'enfer ! On est si doucement et si fraîchement dans la tombe !

Il s'évanouit de nouveau, et la parole expira de ses lèvres.

L'officier demanda de l'eau à l'interprète, trempa sa main dans le verre, et secoua ce qui restait d'eau à ses doigts au visage du mourant.

Celui-ci tressaillit, rouvrit les yeux, secoua la tête comme pour écarter l'ombre de la mort qui l'enveloppait déjà, et, à la lueur de la lanterne que tenait l'interprète, il aperçut le capitaine.

Son regard, de vague qu'il était, devint fixe et effaré.

Il regarda l'officier, essaya de se soulever sur le bras qui lui manquait, retomba et se souleva sur l'autre.

Ses cheveux se hérissèrent, la sueur coula sur son front, sa pâleur devint de la lividité ; sa physionomie prit peu à peu l'expression de la terreur la plus profonde.

– Ton nom ? dit-il d'une voix saccadée et qui n'avait plus rien d'humain ; qui es-tu ? Es-tu le messager du tombeau ? Dis, parle, réponds !

– Je suis Verkovsky, répondit simplement le jeune officier.

Ces trois mots, bien simples cependant, en apparence, furent comme un coup de poignard à travers le cœur du blessé. Il poussa un cri, frissonna et retomba sur son oreiller.

– Cet homme était probablement un grand pécheur, dit le jeune officier avec mélancolie en s'adressant à l'interprète.

– Ou un grand traître, ajouta celui-ci ; ce doit être ou ce devait être, car il est mort, quelque déserteur russe. Je n'ai jamais entendu un montagnard parler notre langue avec une pareille pureté. Regardons ses armes, nous y trouverons peut-être quelque inscription. Parfois les armuriers de Kouba, d'Andrev ou de Koubatchi, ajoutent à leur nom le nom de celui pour lequel ils travaillent.

Et, tirant le kandjar de la ceinture du mort, il commença par en examiner la lame.

Cette inscription était gravée en or sur l'acier bruni :

Sois lent à l'offense et prompt à la vengeance.

L'interprète la traduisit au jeune officier.

– Oui, c'est une maxime de ces brigands, dit celui-ci. Mon pauvre frère, le colonel, est tombé victime d'un de ces misérables.

Le jeune homme essuya une larme.

Puis, à l'interprète :

– Maintenant, dit-il, examinez le fourreau.

L'interprète détacha le fourreau de la ceinture du mort, et, en effet, il y trouva gravés ces cinq mots en caractères tatar :

J'ai été fait pour Ammalat-Beg.

FIN